황보나 장편소설

네임스티커

문학동네

차례

1. 이상한 강민구 • 07
2. 꽤 괜찮은 명두 삼촌 • 17
3. 신경 쓰이는 유혜주 • 30
4. 잠들 수 없는 이재욱 • 37
5. 떨어지고 있는 양도훈 • 48
6. 두 개의 이름 • 57

7. 루비야, 루비야 • 64

8. 야, 고은서! • 73

9. 딸꾹거리는 신승희 • 86

10. 소슬덕 할머니와의 이별 • 103

11. 산뜻하지 않아서 • 118

12. 바나나우유와 육각정 • 132

13. 적당한 거리 • 145

14. 고은서가 적은 이름 • 154

작가의 말 • 166

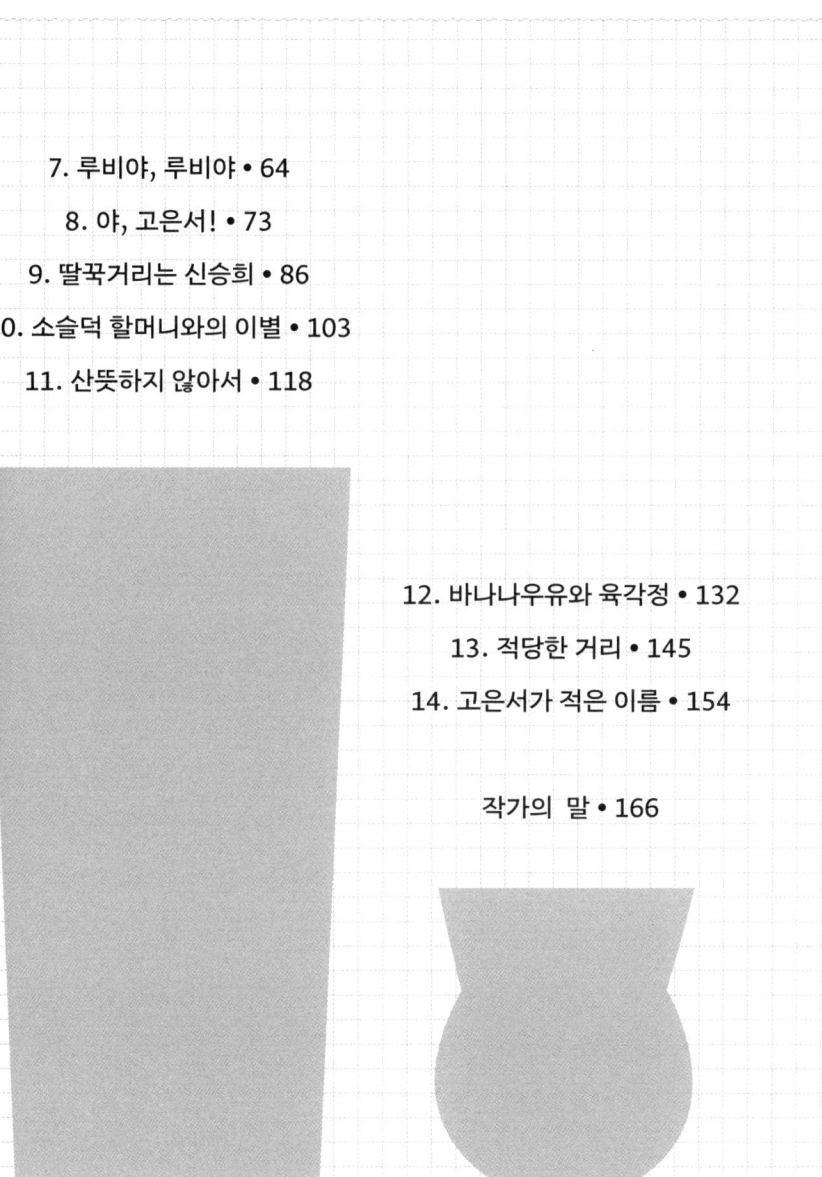

1 이상한 강민구

"야, 강민구."

나는 민구네 집 현관에 어정쩡하게 서 있다.

"왜."

민구는 내가 아는 애 중에 가장 이상한 애인데, 그 이상한 점 중 하나는 말을 할 때 사람 눈을 잘 쳐다보지 않는다는 것이다.

"여기가 너네 집이냐?"

"우리 할머니 집인데."

그리고 민구의 이상한 점 중 둘은, 꼭 말을 두 번 하게 만든다는 것이다.

"그러니까, 네가 사는 집이냐고."

"응."

민구네 집, 아니 정확히 말하자면 민구가 살고 있는 민구 할머니 집은 특별할 것 없는 가정집처럼 보였다. 한 군데만 빼고.

그곳은 연둣빛과 초록빛의 파도가 넘실대는 괴이한 세상의 한 조각 같았다. 열 몇 개의 화분이 오밀조밀 모여 있는 부분.

민구는 내가 운동화를 벗고 집 안으로 들어오는 것을 슬쩍 확인하더니 말했다.

"여기가 내 방."

민구를 따라 민구의 방까지 들어갔다. 방에는 거실보다 더 많은 수의 식물들이 빽빽하게 자리 잡고 있었다. 식물들의 존재에 압도당한 나는 어디에라도 주저앉고 싶었지만, 웬만한 공간은 다 식물들이 자리를 차지하고 있어서 편히 앉을 만한 데도 없었다.

"네가 키우는 거야?"

"뭐를?"

이상한 민구는 또 말을 두 번 하게 만들었다.

"그러니까, 이 식물들 말야."

"응."

"왜?"

민구는 이상한 구석이 많아서, 민구랑 대화를 나누다 보면 나는 '왜?'라는 질문을 진짜 많이 하게 된다. 아무튼 이렇게 식물을 많이 키우는 건 민구의 여러 이상한 점 중 세 번째라고 할 수 있겠다.

"난 힘이 있거든."

식물을 키우는 이유와 힘이 센 게 대체 무슨 상관인지. 아니 민구는 힘이 세다고 한 게 아니라 힘이 있다고 그랬다. 힘이 있다니? 무슨 힘?

민구는 이상하다. 진짜 이상하다.

그러니까, 민구의 말을 요약하자면 식물에다가 누군가의 이름을 써서 붙여 주고 무언가를 빌면, 그게 이루어진다는 거였다.

"그럼 여기에 고은서라고 내 이름 써 붙이고, 나 키 좀 크게 해 달라고 빌어 봐."

나보다 키가 작은 애들도 있긴 했지만 그래도 나는 작은 축에 속했다. 나는 가슴이 큰 애들이나 눈이 큰 애들보다도 키가 큰 애들이 훨씬 부러웠는데, 현대의학으로 가슴이나 눈의 크기는 어느 정도 키울 수 있지만 키는 키우기가 어렵기 때문이다.

"그런 건 안 빌어."

"왜?"

"그냥."

"그런 게 어디 있어?"

민구는 대답을 하지 못했다.

"너 지금 다 거짓말인 거지?"

사실은 내가 민구 집에 와 있다는 것부터가 실감이 나질 않았다. 내 발로 따라와 놓고 이런 말을 하는 나 자신이 좀 어이가 없긴 하지만.

나는 민구랑 절친한 사이가 결코 아니다. 그저 같은 학교와 학원에 다니는 것뿐이다. 공교롭게도 학교와 학원 둘 다 같은 반이긴 하지만 그건 어쩌다 보니 그렇게 된 거고, 친한 사이는 아니다.

"거짓말 아닌데."

"거짓말이 아니라고? 내가 너를 어떻게 믿냐?"

나는 민구 앞에서 이렇게 큰소리쳤지만, 사실은 마음 한편으로 아주 조금은 민구의 말이 사실일 수도 있겠다는 생각을 했다. 왜냐하면, 민구는 진짜 이상한 애니까. 이상한 애에게 이상한 부분이 조금 더해지는 게 아주 이상한 일은 아닐 테니까.

"내가 너를 어떻게 믿냐고."

나의 다그침에 민구는 입을 다물었다. 민구가 입술에 힘을 주어 입을 꾹 닫았기 때문에 입가에 조밀한 주름이 지어졌고, 그게 얼굴을 더 못생기게 만든다는 것을 민구 혼자만 모르는 것 같았다.

"봐 봐, 너 지금 아무 말도 못 하잖아. 괜히 찔리니까 아무 말도 못 하는 거잖아."

나는 어쩐지 신이 나서 더 큰 소리로 민구를 몰아세웠다. 민구는 늘 그렇듯 나를 쳐다보지 못했다.

"……네가 안 믿을 것 같았어."

한참 뒤 혼잣말처럼 조그맣게 읊조린 말이었다.

"뭐라고?"

"네가 안 믿을 것 같았다고."

거짓말이지 않느냐고, 어떻게 믿느냐고, 나무란 건 나였지만 막상 그런 말을 들으니, 마음이 뾰족해졌다. 이 마음이 서운함인지 짜증인지 헷갈렸다.

"그래도 진짜야."

"강민구 네가 한 말이 진짜라고?"

"응. 진짜야."

"그러니까, 스티커에다가 누군가의 이름을 써서 여기 붙이고 뭔가를 빌면 그게 진짜 이루어진다고?"

나는 가장 가까이에 있는 화분을 들어 보이며 물었다.

"응."

"증거 있어?"

입을 꾹 다문 민구가 고개를 끄덕거렸다.

"어디?"

민구가 침대와 책상 사이의 화분들 중에서 들어 올린 것은 네모난 흰색 화분에 담긴, 조금 귀여운 식물이었다.

"이게 뭔데?"

"미니 스투키."

스투키, 어디선가 들어 본 이름이긴 했다. 이렇게 생긴 식물이 스투키구나. 가만히 보니 탄탄하고 길쭉한 하나의 잎이랄까 줄기랄까, 아무튼 그것에 다양한 농도의 초록들이 섞여 있었다.

"만져 봐도 돼?"

"만져 봐."

특별할 것 없는 평범한 식물이었다.

"이게 증거라고?"

"응. 이게 증거야."

"어째서?"

"잘 봐."

스투키 화분의 아래쪽에는 작은 스티커가 붙어 있었고, 거기에는 민구의 글씨체로 이름이 쓰여 있었다.

> 이재욱

이재욱이라는 애는 우리 반인데 나랑은 친하지 않고, 내가 알기로는 민구와도 친하지 않았다. 사실 민구는 외톨이나 다름없었다. 민구와 나는 애들과 친해지려는 노력을 하지 않는다는 공통점이 있었다. 그래도 나는 몇몇 애들이랑은 말도 섞고, 하교 후 토스트집에 가자고 하면 못 이기는 척 따라가기도 하는데 민구는 전혀 그러지 않았다. 그렇다고 민구가 외로워 보이거나 불쌍해 보이지는 않았다. 그냥 조금 이상해 보일 뿐이었다.

"이재욱한테 뭘 빌었는데?"

"이재욱한테 빈 게 아니고, 스투키한테 말하는 거야."

요즘 이재욱은 학교에 나오지 않고 있었다. 잠을 못 자서 병원에 다니고 있다는 말을 들었다. 나한테 누가 해 준 말은 아니고, 애들끼리 하는 말이 귀에 들어와 알게 되었다.

"그래서 이재욱이 불면증에 시달리는 거라고?"

"응."

"푸웁."

비웃을 생각은 없었는데, 웃음이 터지고 말았다. 정말 말도 안 되는 얘기 아닌가.

"설마, 지금 네가 초능력자라고 말하는 거냐? 아니면 마법사?"

"……그런 게 아니고."

민구가 우물쭈물 말했다.

"내 힘을 너를 위해 쓸게."

"뭐?"

민구의 다음 말은 더 황당했다.

"내 능력을 너를 위해 쓰고 싶다고. 이 말을 하려고 내 방에 와 달라고 한 거야. 그냥 말을 하면 제대로 안 들어 줄 것 같아서. 뭐, 보여 줘도 못 믿는 것 같긴 하지만."

"왜?"

민구의 눈이 동그래졌다. 여전히 내 눈을 바라보지 못하고 사십오 도 아래를 향한 채로.

"그 이상한 힘을 왜 나를 위해 쓴다고 하는지 묻는 거야."

일단은 민구의 이상한 능력도 탐탁지가 않았지만, 나를 위해 쓰겠다는 말은 더 마뜩지 않았다.

"왜냐면……."

샬레에 담긴 물에 빨간 잉크가 한 방울 떨어진 것처럼, 민구의 얼굴이 서서히 발그레해지는가 싶더니 전체적으로 붉어졌다. 나는 민구의 입에서 나올 다음 말이 까닭 없이 두려웠다.

"왜냐면, 내가 너를 좋아해."

최악이다.

내가 강민구의 고백을 받다니.

"고은서 너를 좋아해. 그래서 너한테만 다 보여 주고, 너한테만 다 말하는 거야."

나는 너무 놀라서 눈에 힘을 잔뜩 주고 민구를 바라보았다. 여지를 남기지 않기 위해 나는 간단명료하게 말했다.

"나는 너 안 좋아해."

"혜주를 더 좋아해서?"

민구의 말에 눈앞이 공연히 아찔해졌다.

"어? 내가 왜?"

부정하긴 했지만 귀까지 홧홧해진 느낌이 들었다. 거울이 없어 확인이 어려웠지만 아마도 민구보다 내 얼굴이 더 빨개졌을 것이다.

"그냥."

그냥이란 민구의 무책임한 말에 아무 대꾸도 하지 못했다. 그게 무슨 뚱딴지같은 소리냐고, 절대 아니라고 펄쩍 뛰어 볼까, 잠깐 생각을 하긴 했으나 그럴 수 없었다. 혜주에 대한 마음에 조금의 먼지도 묻히고 싶지 않았으니까.

민구와 마찬가지로 나는 혜주랑도 친하지가 않다. 지금은 어쩌다 이렇게 민구네 집에 와 있지만 혜주는 어디에 사는지도 모른다. 그러고 보니, 속사정을 잘 모르는 제삼자가 보면 나와 민구가 꽤 친해 보일 수도 있겠네……. 아무튼 다시 혜주 이야기로 돌아가자면, 까놓고 말해 나는 혜주를 잘 모른다. 그래서 더 친해지고 싶고 더 알고 싶다. 이게 좋아하는 건가? 솔직히 잘 모르겠다.

"강민구, 너 말이 좀 이상하다?"

"내 말이 왜?"

"나는 분명히 너를 안 좋아한다고 말했다? 근데 거기에 대고 혜주를 더 좋아해서냐고 묻는 건, 내가 너도 좋아하긴 하는데 혜주를 더 좋아한다는 말이 되잖아?"

"……."

나는 더 좋아해서의 '더'에 방점을 찍어 말했다.

"그러니까 내 말은, 내가 너를 좋아하긴 한다는 전제가 깔린 느낌이라서 좀 불쾌하단 말이야."

내 예상대로 민구는 입술만 실룩댈 뿐 별다른 말을 하지 못했다. 너무 정확한 표현들로 민구를 찌른 것 같아 조금 미안하기는 했지만 이렇게나마 나는 몰린 것 같았던 궁지에서 벗어날 수 있었다.

② 꽤 괜찮은 명두 삼촌

"아이고, 민구냐, 명두냐."

현관문이 요란하게 열렸다. 민구가 할머니, 하고 부르며 현관 앞으로 나갔다. 호호백발의 할머니가 시지근한 냄새를 풍기며 들어왔다. 할머니는 메시 러닝화를 벗지도 못하고 현관 턱에 엉덩이를 대고 앉아 가쁜 숨을 몰아쉬었다.

"아이고, 되다. 아이고, 되다."

아마도 힘들다는 의미 같았다.

"하이고, 민구냐, 명두냐."

할머니가 같은 말을 또 물었다. 할머니의 몸 냄새는 비에 젖은 흙 내음 같기도 했다.

"저 민구예요."

"명두는?"

"삼촌은 지금 없어요. 할머니, 제 친구 왔어요."

참 나. 친구라는 단어의 정의는 바뀌어야 한다고 생각한다. 나이가 같으면 친하거나 친하지 않거나, 마음에 들거나 마음에 들지 않거나, 모조리 퉁 쳐서 친구라고 칭하는 게 말이 되나. 친해야 친구 아닌가.

"안녕하세요. 저는 고은서라고 해요."

민구가 나를 할머니에게 친구라고 소개하는 게 달갑지 않았지만 두 팔 번쩍 들고 아니라고 하는 건 예의에 어긋나는 것 같아 꾸벅 고개를 숙이며 인사했다.

"뭐라고?"

민구네 할머니도 민구처럼 같은 말을 두 번 하게 만들었다. 아무래도 이 집안 내력인 것 같다.

"제 이름이 고은서라고요."

"어디 사는데?"

"어…… 저는 그냥 이 동네 사는데요."

민구가 할머니 곁에 쭈그려 앉더니 할머니의 신발을 벗겨 주며 말했다.

"우리 할머니 약간 치매 증상이 있어."

"어? 어."

민구는 할머니가 들쳐 메고 있던 가방도 벗겼는데, 그 가방에는 '데이케어센터 소슬덕'이라고 쓰여 있었다. 소씨라는 성에 슬덕이 이름인 할머니였다. 할머니를 대하는 민구의 자연스러운 동작들이 다정해 보였다.

"할머니 이제 들어가서 쉬어요."

민구가 할머니에게 말했다.

"명두는?"

"올 때 되면 오겠죠."

"그러냐."

그렇게 할머니는 나릿나릿한 걸음으로 방에 들어갔다. 문틈으로 보이는 할머니 방은 화분으로 가득한 민구 방과 달리 깔끔했다. 할머니는 방문을 닫자마자 텔레비전을 켠 듯했다. 화면 속 사람들 말소리가 문 너머로 새어 나왔다.

"명두는 누구야?"

"최명두. 우리 외삼촌."

"같이 살아?"

"아니."

"할머니는 외가 쪽이야?"

"응."

나는 이 모든 게 정말 궁금해서 물어본 것이 아니었다. 민구의 머릿속에서 혜주라는 이름을 완전히 지우고 싶었다. 이런 내 마음을 아는지 모르는지 민구는 퉁퉁 불은 국수 면발이 끊어지듯 단답형으로만 일관했다. 토라진 건가. 뭐, 그러든가.

"근데 외삼촌은 언제 오셔?"

"곧."

그리고 곧 현관문이 침착하게 열렸다. 정말 민구의 외삼촌, 명두 삼촌이 들어왔다. 명두 삼촌은 민구를 보자 민구, 하고 불렀고, 민구는 명두 삼촌에게 삼촌, 하고 인사했다. 그리고 나는 안녕하세요, 하고 말했다.

"민구는 이상한 녀석인데 그런 우리 민구의 여자친구일 리는 없고."

명두 삼촌이 나를 보며 한 말이었다. 사람을 말 한마디로 평가하고 재단하는 건 자칫 위험한 일이 될 수 있지만, 나는 이 말로 인해 명두 삼촌에 대해 어느 정도 알 것 같은 느낌을 받았다. 한마디로 명두 삼촌은 나와 말이 통하는 사람인 것 같았다.

"그냥 친구 같지도 않고."

명두 삼촌의 두 번째 말을 듣고, 나는 명두 삼촌이 말이 통하는 건 기본이고, 꽤 괜찮은 사람이라는 것도 알 수 있었다.

"그냥 같은 반이에요."

"그래, 그럴 것 같더라. 아이스크림 먹고 갈래?"

"뭐 있는데요?"

명두 삼촌이 들고 온 검은 비닐봉지에는 여러 종류의 아이스크림이 들어 있었다.

"과일맛 있어요?"

"응. 딸기 줄까?"

"아니요. 혹시 망고 있어요?"

"취향이 구체적이어서 좋네."

명두 삼촌이 나를 보며 웃어서 나도 같이 웃었다. 나는 처음 만나는 여러 어른들로부터 맹랑하다는 말을 듣곤 했는데 명두 삼촌은 반응이 달랐다. 그래서 좋았다.

명두 삼촌이 텔레비전을 보고 있는 할머니에게 콘 아이스크림을 까서 갖다드린 다음에 식탁에 앉았다. 할머니가 배치작배치작 문을 열고 나왔다. 사람들 틈에 끼고 싶어 하는 어린아이, 혹은 강아지 같은 모습이었다.

"텔레비전 끄고 나와야죠."

삼촌의 말에 민구가 재빠르게 할머니 방으로 들어가서 텔레비전 리모컨을 만지고 나왔다. 그 잽싼 동작이 민구를 달리 보이게 했다. 민구가 좀 이상하기는 하지만 심성은 착한 애 같았다. 그렇게 나와 민구, 명두 삼촌, 할머니는 식탁에 둘러앉아 아이스크림을 먹기 시작했다.

남의 가족에 섞여 아이스크림을 할짝거리고 있었지만 끼지 말아야 할 데에 끼어 있는 느낌이 들지는 않았다. 강민구와 최명두, 소슬덕. 같은 공간에 있는 가족인데 성씨가 다 달라서, 고씨인 나도 어색하지 않았던 걸까.

할머니는 민구의 말처럼 기억력이 얕고 사리 분별도 흐릿했다. 그래도 정도가 심하지 않아서, 한나절 정도는 혼자서 집도 잘 보고, 뒤치다꺼리도 별로 할 게 없다고 그랬다.

민구네 엄마의 엄마라서 민구에겐 외할머니인 셈인데, 외할머니라는 말이 내게는 좀 아프게 다가왔다. 내게 외할머니는 있지만 없는 사람이다. 이런 생각을 하면 마음이 쓰리지만, 내게 외갓집은 없어진 집이다.

나의 진짜 엄마와 외할머니는, 자신들이 없었던 것처럼 씩씩하게 잘 살라고, 내게 울면서 말했다. 오기가 생겼던 나 또한 울면서 그러겠노라고 말했다. 그러고 싶지 않다고 발버둥을 친들 바뀌지 않을 어른들의 결정이었기 때문이다. 점점 희미해지는 기억 속의 우리는 손가락을 걸고 약속까지 하며 동강을 내듯 인연을 끊었다. 그렇게 엄마와 아빠는 이혼을 했다.

나는 줄곧 민구가 진짜 이상한 애라고 생각하고 있었는데, 민구의 외할머니에다가 외삼촌까지 만나고 나자 민구가 생각만큼 이상하지 않을지도 모른다는 판단이 섰다. 민구와 친해지고 싶은 마음은 없었지만, 뭐 어쩌다가 좀 더 민구에 대해 알게 되어도 나쁘지는 않겠다는 데까지 생각이 뻗쳤다.

시계를 보니, 집에 갈 시간이었다. 루비 엄마가 나를 걱정하게 만들 순 없었다.

"은서, 이제 집에 가야 되는 거야?"

내가 시간을 확인하는 걸 본 명두 삼촌이 눈치 빠르게 물었다.

"네, 엄마한테 다섯 시까지는 들어간다고 했어요."

루비 엄마에 대해 말할 때, 나는 다른 사람들에게는 그냥 엄마라고 했다. 그게 간편했다.

"집이 멀지는 않은가 보네."

"지금 나가면 딱 맞아요."

네 시 사십 분이었다. 나는 식탁 위에 너부러진 아이스크림 껍질을 하나씩 모아서 싱크대 앞에 있는 쓰레기통에 욱여넣었다.

"은서는 어쩌면 그렇게 야무지고 착하니."

아닌데요. 저 하나도 안 야무지고 안 착한데요. 나는 속으로 대꾸했다. 먹은 걸 치우는 건 루비 엄마를 도와주려다 보니 집에서 늘 하는 일인데, 어쩌다 습관이 되어 버린 것뿐이다.

"야무지고 착하다고 생각해도 돼, 은서야."

내 생각을 읽은 것 같은 명두 삼촌의 말에 입안이 바짝 말라 왔다.

"가는 길에 이것 좀 분리수거장에 던져 줄래?"

내 생각을 읽은 게 아니라 심부름을 시키기 위한 밑 작업이었는지도 모르겠다. 삼촌 손에 들린 것은 납작하게 접힌 상자 몇 개였고, 어차피 집에 가는 방향이기도 해서 나는 그러겠다고 대답했다.

루비 엄마와 살면서 나는 상대가 모르게끔 상대방을 관찰하는 요령을 터득하게 되었다. 일부러 그런 건 아니고 같이 지내다 보니 자연스럽게 그렇게 되었다.

내가 본 명두 삼촌은, 키는 보통이었지만 남자 어른치고는 얼굴이 조그맣고 덩치도 크지 않았다. 밤길을 걷다가 행인들과 시비가 붙을 경우, 일단 줄행랑을 치고 보는 게 여러모로 유리할 피지컬이었다. 머리 스타일은 어깨에 못 미치는 중단발이었는데 단순히 자르는 시기를 놓친 건지, 아니면 장발로 기르는 중인 건지 조금 애매해 보였다. 하지만 그런대로 봐줄 만했다. 명두 삼촌의 가장 특징적인 부분은 손이었다. 피부 톤이 전체적으로 하얗긴 했지만 손은 유난히 더 새하얘서 손등의 푸른 핏줄이 도드라져 보였다. 이것저것 독특한 점이 많았지만, 특이함이 모여서 조화로움을 이룬다는 게 개성이라면 개성이었다.

집 앞에 도착해 현관문을 열기 전에 시간을 확인했다. 다섯 시가 되기 오 분 전이었다. 민구네 집을 나선 후로 뛰듯이 걸은 게 효과가 있었다.

"어, 은서 왔니?"

루비 엄마가 늘 그렇듯 자상하게 나를 반겨 주었다. 버들눈썹을 동그랗게 휘면서, 나를 보며 짓는 웃음이 친절하고 따뜻했다. 루비 엄마의 마음은 진짜라고 생각한다. 그렇지만 나는 그 온기가 편하지만은 않다.

가방을 방에다가 던져 놓고 일단 화장실로 들어갔다. 물비누로 공들여 손을 닦았다. 루비를 만나려면 그래야 했다.

"루비는요? 자요?"

나는 손의 물기를 닦으며 일부러 물었다. 들어오면서 루비의 옹알이 소리를 똑똑히 들어 놓고도 굳이. 그래야 할 것 같았다.

"루비 안 자. 루비야."

가스레인지 앞에 선 루비 엄마가 노래하듯 멜로디를 붙여 루비를 불렀다. 아마도 찌개 종류를 만들고 있을 것이다. 아빠는 국보다 찌개파니까.

"누나 왔네. 인사해야지?"

루비 엄마가 고개를 돌려 바운서에 누워 있는 루비에게 찡긋, 웃었다. 내게 인사할 때와 똑같이 눈썹을 동그랗게 휘면서.

"바아."

루비는 부쩍 말이 많아졌다. 바운서 주변에는 헝겊으로 만든 초점책이 여럿 있었다. 나는 그 틈새를 비집고 루비의 곁에 앉아 루비를 바라봤다.

루비의 이름은 고한결. 루비는 한결이의 태명인데, 아직 한결이보다는 루비라는 이름이 입에 익어서 그런지 가족들은 다들 루비라고 부른다.

나의 태명은 무엇이었을까. 궁금하지만 물어보지 않았다. 왜냐하면, 그런 질문이 루비에 대한 나의 질투로 해석이 될까 봐 두렵기 때문이었다. 그런 해석은 루비 엄마와 아빠의 마음을 슬프게 만들 게 뻔했다. 나를 더 챙겨 주게 될 테고, 나를 더 신경 쓰게 될 것이었다. 나는 그런 상황을 만들고 싶지 않았다. 그럴 바에는 나의 궁금증을 꾹꾹 눌러 없애는 편이 나았다.

"은서 배고프니? 십 분 안에 완성될 것 같은데. 아빠도 지금 오고 있는 중이래."

루비 엄마가 나긋나긋하게 말했다.

"아직 배 안 고파요."

"그래, 잘되었네. 루비야. 누나 말 잘 듣고 있어."

루비 엄마의 말은, 마치 '은서야, 루비 좀 봐줘.' 하는 것처럼 들린다. 그냥 나한테 루비를 봐 달라고 말해도 될 텐데.

나는 조금 울적해지려고 해서 괜히 루비의 초점책을 뒤적거렸다. 책에는 아무 내용도 없었다.

"으브브."

루비가 작은 입술 사이로 투명한 거품을 보글보글 물면서 옹알이를 했다. 루비는 정말 귀여웠다. 이렇게 귀여운 루비가 내 남동생이라는 게 언제나 신기했다.

─루비야.

나는 속으로 루비를 불렀다. 우리 집에서 내가 대화를 가장 많이 하는 상대는 루비이다. 늘 내 말을 잘 들어 주고, 때로는 맞장구를 치기도 하고, 또 어떤 때에는 온몸을 들썩이며 반박을 하기도 하는 루비.

─루비야, 누나 오늘 이상한 애한테 고백받았다?

루비가 오동통한 소시지 같은 두 다리로 허접한 가위질을 하며 나를 봤다. 정말이냐고 되묻는 것 같았다.

─그렇다니까. 걔는 강민구라는 애인데, 좀 이상해. 근데 오늘 어쩌다 보니까 걔네 외삼촌이랑 외할머니도 보게 되었는데 명두 삼촌은 별로 이상한 사람 같지 않더라. 아, 그러니까 민구네 외삼촌 이름이 바로 명두야.

"흐브브."

루비가 또 입술 사이로 거품 침을 내밀어서 가제손수건으로 입가를 닦아 주었다.

─이재욱이라는 애가 수면클리닉에 다니느라 요 며칠 결석하고 있거든? 강민구가 뭐라 그런 줄 알아? 자기가 이재욱을 잠 못 자게 만든 거래. 말이 되냐? 걔 진짜 이상하지 않아?

"후우."

루비가 한숨을 쉬었다. 배와 가슴의 구분도 어려운 뚱뚱한 몸통 전체가 오르락내리락하는 게 너무 귀여웠다.

─왜 한숨인데.

"후우우."

루비가 또 한숨을 내쉬었다.

─너 설마 강민구가 이상하지 않다고 말하는 거야?

"으브으."

─야, 루비. 네가 강민구를 실제로 본 적이 없어서 그래. 나는 걔처럼 이상한 애 처음 봐. 진짜 이상한 애라니까.

그때 도어록이 열리는 소리가 들리고 아빠가 들어왔다.

"다녀오셨어요?"

"은서, 루비랑 이야기하고 있었어? 아빠는 아무리 말을 걸어도 루비가 못 알아듣는 거 같던데, 은서는 누나라서 특별한가 봐?"

손을 씻으러 화장실로 들어가던 아빠가 심상하게 말했다. 그 순간 나와 루비의 눈이 마주치며, 아빠의 그 말이 대수롭게 다가왔다. 나는 민구가 식물에 이름을 붙여 뭔가를 빈다는 게 퍽 이상하다고 생각했다. 그런데 이제 태어난 지 일 년도 안 된 루비와 속으로 대화를 나누는 나도 이상하기는 매한가지잖아?

3 신경 쓰이는 유혜주

혜주가 같이 만화카페에 가자고 했다. 종일 입을 옷을 골랐다. 루비 엄마가 사 준 티셔츠는 예뻤지만 옷에 프린팅된 영어 문구가 마음에 들지 않았다. 평범한 일요일이라는 뜻인데, 혜주와 만나는 일이 평범할 리도 없을뿐더러 오늘은 일요일이 아닌 토요일이었다.

나는 영어든 일본어든 내가 가진 물건에 외국어가 쓰여 있으면 꼭 무슨 뜻인지 찾아보는 버릇이 있다. 해괴한 의미가 담긴 필통을 들고 다니거나, 망측한 뜻이 적힌 잠바를 걸치고 다니는 건 어쩐지 너무 부끄러운 일처럼 여겨졌다. 그래서 그냥 아무 글자도 없는 줄무늬 티셔츠에 청바지를 입기로 했다.

친구랑 놀러 간다고 하니, 루비 엄마가 용돈을 주었다. 아빠한

테 매달 받는 용돈으로도 충분하다고 했지만,

"이건 우리 둘만의 비밀로 해."

하면서 내 주머니에 지폐를 쑤셔 넣었다. 갑자기 바지 주머니까지 들어온 루비 엄마의 손길에 나는 움츠러들었고, 그런 내 마음이 루비 엄마에게 전해질까 봐 조금 초조했다.

"고은서!"

횡단보도 너머에서 들리는 여청한 부름. 고개를 들어 보지 않아도 알 수 있었다. 혜주의 목소리였다.

나는 들리지 않는 척, 고개를 숙인 채 운동화 코로 보도블록을 여러 차례 찧었다.

"야, 고은서!"

이렇게 혜주가 부르는 내 이름을 다시 한번 듣고 싶었기 때문이다. 세 번을 부르게 하면 내가 일부러 못 들은 척한 게 들통이 날까 봐, 두 번째 만에 고개를 들었다.

아, 이런.

나는 만화카페에 가자는 혜주의 말을, 왜 당연하게 혜주와 단둘이서만 가는 거라고 생각한 걸까. 왜 우리 말고 또 누가 가느냐고 물을 생각조차 하지 못한 걸까.

도로 반대편에는 혜주 말고도 윤정이와 은아가 함께 있었다.

나와는 데면데면한 애들이었다. 이대로 발길을 돌려 집으로 다시 가고 싶었다. 하루를 망친 기분이었다.

신호가 바뀌자마자 혜주를 선두로 윤정이와 은아가 우다다다 길을 건너왔다.

"고은서, 내가 부르는 거 못 들었어?"

혜주가 무심하게 내 어깨에 팔을 두르며 물었다. 그 순간, 집으로 가고 싶었던 내 마음이 뜨거운 물에 담긴 얼음 한 조각처럼 녹아 사라졌다.

"어, 차 소리 때문에."

왜 목소리가 작아지는지 모르겠다. 윤정이와 은아는 저희끼리 무슨 이야기를 나누는지 낄낄거리기 바빴다. 중요한 것은 나와 혜주가 지금 바짝 붙어서 같이 걷고 있다는 사실이었다.

나는 유혜주를 잘 알지 못했다. 혜주의 성격에 대해서도 자세히 모르고 혜주가 무슨 음식을 좋아하는지, 혜주의 취미가 무엇인지에 대해서도 잘 몰랐다. 어쩌다가 듣고 알게 된 혜주의 MBTI만 또렷하게 외우고 있을 뿐, 그 외의 것들은 거의 몰랐다. 그럼에도 불구하고 나는 그냥 혜주가 신경 쓰였다.

"고은서, 근데 너 만화책 보는 거 좋아해?"

혜주가 이렇게 고은서, 하고 내 성과 이름을 붙여서 온전한 이름으로 불러 주는 것이 좋았다.

"어? 어, 좋아하니까 만화카페 간다고 해서 나왔지."

"와, 진짜 다행이다."

이렇게 사소한 일에도 얼굴 가득 웃음을 머금는 혜주의 모습을 볼 때마다, 혀뿌리가 간질간질해지는 느낌이 좋았다.

"만화 뭐 좋아하는데?"

"어, 그냥, 웹툰으로 봤던 거 종이책으로 다시 보는 거 좋아해."

나는 얼버무렸다.

"진짜? 그럼 다 아는 내용이잖아."

"그건 그렇지."

"그래도 재밌어?"

"어? 어, 재밌어."

"그래? 봐도 봐도 좋다는 게 그런 건가?"

길에서 오른쪽으로 꺾어야 만화카페가 나오지만 나는 내 옆에 붙은 혜주에게 정신이 팔려 계속 직진을 하려 했다. 혜주가 발길을 오른쪽으로 돌리며 내 어깨를 감싼 자신의 팔에 힘을 주었다. 설마, 봐도 봐도 좋다는 표현에 또 다른 의미가 숨겨져 있는 건 아니겠지.

만화카페는 여름 특가 이벤트 중이었다. 그러니까, 네 명이 가면 두 시간 정액권을 삼십 프로 할인 가격으로 구매할 수 있었다. ……그래서 혜주가 나를 부른 건가.

"고은서는 만화책 보는 거 좋아한다고 했으니까 방해하지 말자."

혜주가 그렇게 말해서, 나는 혼자 외따로 만화책을 읽게 되었다. 혜주는 은아, 윤정이와 함께 셋이서 보드게임을 했다. 두 시간 내내 그들은 키득거리며 토지를 사고파는 게임에 매진했고, 나는 만화책을 보면서도 보지 않았다. 시신경을 제외한 모든 감각의 촉수가 오직 그들에게로 뻗쳐 있었다.

생각해 보면 혜주는 늘 그랬다. 학교에서도 내게 뭔가 부탁할 일, 이를테면 숙제를 보여 달라든가 펜을 빌려 달라고 할 때나 내 자리를 찾아왔다. 그러지 않을 때는 말을 걸지 않았다. 학원에서는 학교에서보다 말을 더 자주 하긴 했다. 하지만 그것도 따져 보면 혜주가 학원 숙제를 해 오지 않을 때가 많았기 때문이었다. 게다가 혜주랑 친한 윤정이는 다른 학원에 다니고 은아는 학원 자체를 다니지 않으니까.

정액권을 다 쓰고 집으로 돌아오는 길에 나는 혜주에게 좀 서운했다. 내 어깨에 다시 혜주의 팔이 둘러지기 전까지.

"고은서, 근데 너 집중 완전 잘하더라."

나의 목덜미에 혜주의 살결이 맞닿자, 혜주에 대해 가지고 있던 야속함이 달아났다. 혜주의 그 말은, 두 시간 내내는 아니겠지만 그래도 적어도 한 번 이상 나를 봐 줬다는 거니까.

내가 무슨 만화를 보았는지 혜주가 물어본다면, 어떤 식으로 설명을 하는 게 좋을지 생각을 해 두었지만 혜주는 물어보지 않았다. 상대방이 궁금해하지도 않는데 먼저 말을 꺼내기도 좀 그래서 실없이 애가 탔다.

"라면 먹고 가자."

은아인가 윤정이인가가 말했고, 편의점으로 컵라면을 먹으러 가는 분위기가 되었다.

"고은서, 너도 갈래?"

혜주가 물었고, 나는 망설이지 않고 거절했다.

"아니, 나는 집에 가야 해."

나도 가끔은 혜주에게 아쉬움을 주고 싶었다.

"그래, 그럼."

혜주는 내게 두 번 권하지 않았고, 그렇게 우리는 횡단보도에서 헤어졌다. 나는 왼쪽, 혜주와 혜주의 친구들은 오른쪽.

다음 월요일, 조회 시간이 다 되어 가는데 혜주의 자리는 역시나 아직 비어 있었다. 혹시 나처럼 잠을 설친 걸까. 만화카페에 다녀온 일을 되짚느라 어제도 늦게 잠에 들었다. 하지만 혜주는 잠을 잘 못 잔 게 아닐 것이다. 그냥 시간을 잘 지키지 않는 성격이니까. 그런 걸 성격이라고 할 수 있는지 모르겠지만, 누가 늦는

다 싶으면 열에 아홉은 혜주다. 헐레벌떡 뛰어오며 왜 늦을 수밖에 없었는지 매번 다른 이유를 말하지만, 솔직히 그건 마음의 문제라고 생각한다. 모든 걸 느슨하게 생각하니까 항상 늦는 거다. 그렇지만 나는 혜주의 그런 느슨함이 귀엽다.

우당탕, 소리와 함께 혜주가 아슬아슬하게 뛰어 들어왔다. 핑크 헤어롤을 앞머리에 매단 채로 책상을 붙잡고 가쁜 숨을 내쉬는 모습에 자꾸만 내 입꼬리가 올라가려고 했다.

4 잠들 수 없는 이재욱

"자, 이제 다 왔지?"
담임선생님의 말에 누군가가 말했다.
"이재욱 안 왔는데요?"
"재욱이는 조금 늦는다고 연락받았어."
선생님의 말이었다. 수면장애가 심해졌다는 이재욱. 그리고 이재욱을 그렇게 만든 게 자기라고 말하는 강민구.
나는 구석 자리에 앉아 있는 민구를 바라보다 눈이 마주쳤다. 민구가 황급히 시선을 떨구었다. 원체 사람 눈을 잘 쳐다보지 못하는데, 나랑 눈이 덜컥 마주쳐 버렸으니 어지간히 당황한 것 같았다. 잡고 있던 샤프펜슬까지 바닥에 떨어뜨렸다. 민구의 말은 정말인 걸까.

드륵.

뒷문이 열리며 들어온 건 이재욱이었다. 이재욱의 눈은 칙칙하게 움푹 들어가서 퀭했다. 판다 분장을 지우다 만 것처럼 심한 다크서클이었다. 잠을 못 자서 그런지 좀 야윈 것 같기도 했다.

"재욱이 괜찮니?"

고개를 끄덕이는 이재욱에게 선생님이 당부했다.

"힘들면 무리하지 말고."

"네."

조회가 끝나고 일 교시가 시작되기 전에, 누군가가 이재욱에게 어제 몇 시에 잤냐고 물었다.

"몰라. 졸리니까 말 시키지 마."

이재욱의 말에 또 다른 누군가가 태클을 걸었다.

"졸리면 자면 되잖아."

"나도 자고 싶은데 잠이 안 온다고. 미치겠다고."

아이들은 졸려도 잠이 안 오는 건 어떤 건지에 대해 이러쿵저러쿵 떠들어 댔다. 이재욱은 수다스러운 편이라, 예전 같으면 신나게 대답을 해 줬을 텐데 오늘은 조용했다. 말을 할 힘도 없는 것 같았다.

수업 시간에도, 쉬는 시간에도, 점심시간에도 이재욱은 졸려 했고 점점 핼쑥해졌다. 집에 누워 있어도 이런 상태고 밤에도 똑

같다고 그랬다. 병원도 도움이 되지 않았다는 이재욱은 금방이라도 쓰러질 것 같은 걸음걸이로 교실을 빠져나갔다. 결국 조퇴였다.

"우리 집에 들렀다가 갈래?"
"그래."
학교 수업이 끝난 후 민구의 제안을 거절하지 않은 이유는, 이재욱 얘기를 좀 더 자세히 듣고 싶었기 때문이다. 민구는 자신이 이재욱의 불운을 빌었다고 했고, 그게 효력을 발휘했든 아니든 이재욱은 잠을 자지 못했다.

두 번째 방문이라고, 민구네 집은 전보다 훨씬 익숙한 느낌이 들었다.

"민구냐, 명두냐."
오늘은 집에 계시던 할머니가 이전과 같은 말로 민구를 맞이했다.

"민구예요."
전에는 모든 게 낯설어서 잘 몰랐지만 다시 본 할머니는 명두 삼촌과 퍽 닮은 것 같았다.

"명두 삼촌은 오늘도 오셔?"
"오늘?"

이상한 민구는 또 내가 말을 두 번 하게 만들었다.

"전에 같이 사는 건 아니라고 했잖아."

"같이 사는 건 아닌데 맨날 오긴 해."

"매일?"

"그럴걸."

나는 민구를 따라 민구의 방으로 들어갔다. 먼저 이재욱의 화분을 찾아 두리번거렸다. 미니 스투키라고 했던 그것. 이재욱 이름이 붙어 있던 것.

"이거 찾는 거야?"

민구가 이재욱 스티커가 붙은 미니 스투키를 들어 올렸다.

"응. 너는 왜 그런 걸 빈 거야? 그리고 왜 하필 이재욱이야?"

전에 민구가 이재욱 얘기를 했을 때, 나는 왜 그랬냐고 묻지 않았다. 그 말 자체를 믿지 않았으니까.

"고양이."

민구의 대답이었다.

"고양이?"

"응. 고양이를 괴롭혀서."

"이재욱이?"

"응. 길고양이들을."

민구가 띄엄띄엄 하는 말에 의하면, 이재욱은 길고양이들에게

돌멩이나 유리병을 던져 해코지를 일삼는다고 했다. 이재욱이 저보다 몸피가 작은 애들을 놀리는 걸 자주 봤지만, 죄 없는 고양이에게도 그런 짓을 하고 있는 줄은 몰랐다.

잠시 후에 민구의 말대로 명두 삼촌이 왔다. 나와 민구는 방에서 나와 삼촌에게 인사했다.

"은서 왔구나."

명두 삼촌은 내 이름을 기억하고 나를 보자마자 단박에 불러주었다.

"민구냐, 명두냐."

텔레비전 소리에 섞인 할머니의 인사도 들렸다.

"명두예요."

명두 삼촌의 대답에 할머니가 방에서 나왔다. 손에 작은 막대기 두 개를 들고 나왔는데 막대기 끝에 각각 빨간 천과 하얀 천이 묶여 있었다. 할머니는 작은 깃발처럼 보이는 그것을 흔들며 탁탁, 탁탁탁, 탁, 탁, 기묘한 박자로 양발을 굴렀다. 깃대를 쥐고 있는 할머니의 손이 너무 쪼글쪼글해서 보고 있으니 기분이 이상해졌다. 두 눈을 감고 알아듣기 어려운 말을 중얼거리기도 했다. 내가 민구와 할머니를 번갈아 쳐다보자,

"고은서 오토바이 조심하래."

라고 민구가 말했다. 옆구리에 오소소 소름이 돋았다가 사라

졌다.

"아이 참, 엄마."

명두 삼촌이 다급하게 할머니의 깃발을 붙잡았다. 할머니의 두 눈이 커다래졌다.

"명두구나."

"엄마, 누나 있잖아요. 누나가 하기로 했잖아요. 엄마의 하나뿐인 외손주 민구는 그냥 놓아줍시다. 네?"

삼촌이 수수께끼 같은 말을 했다.

"누나?"

내가 조그맣게 묻자, 민구가 대신 대답을 했다.

"우리 엄마."

왜 갑자기 민구네 엄마가 언급되었는지 궁금했지만, 명두 삼촌이 민구와 같이 나를 집까지 데려다주겠다며 수선을 부려 대화가 흐지부지되어 버렸다.

민구는 길가에서 나를 안쪽으로 걷게 했다. 명두 삼촌은 나와 민구보다 두 발짝 정도 앞서 갔는데, 걷는 뒷모습이 조신해 보였다.

"으앗!"

갑자기 뭔가가 엄청난 속도로 쌩하고 스쳐 지나갔다. 시꺼먼 오토바이였다. 공사장 근처 인도가 끊긴 지점에서 일어난 일이기에, 까딱 크게 다칠 뻔했다. 다만 민구는 그 순간을 이미 알고 있었다는 듯 잽싸게 몸을 틀어 나를 보호해 주었다. 삼촌이 들고 있던 가방이 오토바이 굉음과 함께 아스팔트에 떨어지고 말았다. 손잡이에 진홍색 스카프가 묶인 가죽 숄더백이었다.

"가방 괜찮아요?"

"괜찮아. 어차피 짝퉁이야."

쿨한 명두 삼촌의 말에 웃긴 했지만, 오토바이 때문에 놀란 가슴이 진정되는 데는 시간이 필요했다.

"……아까 그 말이 이거예요?"

할머니가 오토바이를 조심하랬다는 말의 퍼즐이 맞춰지는 것 같았다.

"어, 그런가 봐."

명두 삼촌이 능청스럽게 대답했다.

"강민구, 너는 어떻게 알았어?"

"세상엔 직업이 많아. 정말 그렇지 않니? 은서야?"

나는 민구에게 물었는데 명두 삼촌이 내게 갑자기 질문을 던졌다.

"그야 그렇죠."

그러니까, 민구 외할머니는 원래 무당이었다고 했다. 신내림을 받았었는데 치매가 오면서 그 일을 쉬고 있단다. 그리고 민구 엄마도 민구 외할머니와 같은 일을 하고 있다고 덧붙였다.

"그럼 앞으로 일어날 일을 다 알 수 있는 거예요?"

"어? 뭐…… 그렇다고 할 수 있겠지?"

"그래서 민구도 그런 이상한 능력이 있는 거고요?"

"어? 민구한테 그런 게 있나?"

명두 삼촌은 잘 모르는 것 같았다.

"스티커에 이름을 써서 화분에 붙이고 뭔가를 빌면 그게 이루어진대요."

"그래? 그래서 은서는 민구가 무섭니?"

"무섭진 않고 좀 이상하긴 해요."

나는 솔직하게 말했다.

"원래 세상에는 이상한 사람이 많아."

그건 그랬다. 나도 말 못 하는 루비에게 맨날 말을 걸고 있으니 이상한 사람이라면 이상한 사람일 것이다. 그리고 자신의 딸에게, 원래 없던 사람처럼 생각하고 각자 잘 살자고 말한 엄마도 이상한 사람이다. 자기가 낳은 것도 아니면서 나한테 한없이 상냥하게 대해 주는 루비 엄마도 이상한 사람이다. 아무 이유도 없이 고양이를 괴롭힌다는 이재욱도, 시간관념이 엉망인 혜주도 이상한 사람이다. 그래도 이 중 가장 이상한 사람은 아마도 나 아닐까.

다음 날 일 교시 수업이 시작되기 전에 직접 확인하고 싶었다. 교과서를 꺼내고 있는 이재욱에게 다가갔다.

"야, 이재욱."

"응?"

빨갛게 충혈된 이재욱의 두 눈을 보며 물었다.

"너 고양이 괴롭혀?"

"뭐? ……왜 그런 말을 해?"

졸음이 묻은 눈빛이 사정없이 흔들리는 걸 보니 괴롭혔다고 실토하는 것이나 다름없었다.

"내가 보기엔 네가 잠을 잘 못 자는 게 그것 때문인 것 같아."

"쿨럭, 켁, 켁."

내 말에 민구가 느닷없이 기침을 해 댔다. 민구는 아침밥 대용으로 늘 두유를 마시는데, 사레가 들린 모양이었다. 쿨럭대느라 쥐고 있던 두유팩까지 흔들려 민구의 책상과 책상 고리에 걸린 가방 위까지 연갈색 액체가 흐르고 말았다.

눈 아래 그늘에 더해 피부까지 푸석푸석한 이재욱이 잠깐 민구에게 눈길을 주었다가 나를 보았다.

"무슨 말을 하는지 모르겠네."

말과는 달리, 동요하는 이재욱의 눈빛은 그게 무슨 말인지 정확히 알고 있었다.

"켁, 켁, 쿨럭."

민구가 기침을 멈추지 못하자 이재욱이 몸을 돌려 잠긴 목소리로 물었다.

"너 괜찮냐?"

"으응, 켁."

나와 이재욱의 대화에 잔뜩 신경을 쓰고 있던 민구가 겨우 대답을 했다.

"휴지는 있냐?"

"아니."

이재욱이 자신의 책상 서랍을 뒤적이더니 휴대용 티슈를 꺼냈다.

"닦아. 바로 안 닦으면 두유 똥내 나거든."

"고, 고마워."

민구에게 휴지를 건네준 뒤에도 이재욱은 나와 다시 눈을 마주치지 않기 위해 필사적인 노력을 기울이고 있었다.

이재욱에게 고양이를 괴롭히지 말라고, 원래 고양이는 야행성이니 고양이가 불면증으로 너에게 복수하는 걸지도 모른다고, 조리 있게 일러 주고 싶었지만 말을 정리하는 사이에 일 교시가 시작되어 버렸다. 그렇지만 이재욱은 내 말을 나름 알아들은 것 같았고, 힐긋 본 민구의 얼굴은 할 말이 있는 것처럼 복잡해 보였다.

5 떨어지고 있는 양도훈

"또 있어?"

수업이 끝나고 민구에게 말을 걸었다.

"뭐가?"

"이재욱처럼, 강민구 네가 뭔가를 빈 게 또 있냐고."

"응."

그렇게 나는 민구네 집에 다시 가기로 했다.

"야, 강민구. 내 이름 적어서 나 키 좀 크게 빌어 줘 봐."

민구네 집으로 가는 길에 나는 한 번 더 졸랐다.

"그런 건 안 빈다니까."

"왜?"

민구가 대답하기 전에 재빠르게 덧붙였다.

"그냥이라고는 하지 마. 이유가 있을 거 아냐."

나는 입을 다물고 있는 민구의 책가방에 달린 스트랩 키링을 잡아당기며 구체적인 대답을 재촉했다.

"이유가 뭔데? 응?"

민구가 고개를 틀어 키링을 잡은 내 손을 보더니 얼굴이 불그죽죽해졌다. 민구의 얼굴을 빨갛게 만들 의도는 아니었는데. 나는 잡고 있던 키링을 놓았다. 손금 사이로 땀이 나는 것 같았다.

"좋은 건 안 되더라고."

민구가 이어 말했다.

"안 이뤄져. 안 좋은 걸 바랄 때만 효력이 있어."

"왜?"

"몰라. 나도."

"……."

"내가 좋은 사람이 아니라서 그럴지도."

민구가 이상한 애이기는 하지만, 좋은 사람이 아니라는 말에는 동의할 수 없었다. 할머니를 대하는 것만 봐도 민구는 좋은 사람이 아니지 않았다. 하지만 민구의 목소리에서 전해지는 서늘함이 너무 강해서 나는 말문이 막혀 버렸다.

"그런데 아침에 두유 흘린 가방, 냄새 안 나냐?"

아무래도 내가 이재욱에게 고양이 이야기를 꺼내는 바람에 민구가 많이 놀랐던 것 같다.

"응. 이재욱이 휴지를 줘서 다 닦았어."

"그러게. 걔한테 그런 면이 있는 줄은 몰랐네."

"나도."

민구의 말소리가 혼란 속에 파묻힌 것처럼 작았다.

"민구냐, 명두냐."

할머니는 식탁에 앉아 한 손에는 요구르트, 다른 한 손에는 빨대를 들고 있었다. 요구르트에 빨대가 잘 꽂히지 않는지 애를 먹는 중이었다.

"민구예요."

"안녕하세요."

민구와 내가 각각 인사를 했다. 할머니가 민구를 물끄러미 바라보더니 물었다.

"너희 이모는 언제 온다냐?"

"삼촌 이따가 올 걸요."

대화가 이상했다. 민구는 신발을 벗자마자 할머니에게로 다가가 요구르트에 빨대를 제대로 꽂은 다음 할머니 손에 쥐여 주었다. 나는 바닥에 너부러져 있는 할머니의 데이케어센터 가방을 집어 식탁 의자 등받이에 걸었다.

민구의 방으로 들어온 내가 물었다.

"그런데 왜 명두 삼촌이 이모야?"

"그냥, 가끔 그렇게 부르셔."

더 자세하게 물어보고 싶었지만, 민구가 건네주는 화분을 받아 드느라 타이밍을 놓쳤다. 묵직한 화분에 붙은 흰색 네임 스티커에 이름이 적혀 있었다.

양도훈

역시 민구의 못생긴 글씨체였다.

"이게 뭐야?"

"벤자민."

나는 식물의 이름을 물은 게 아니었다.

"그게 아니라 왜 양도훈 이름이냐고."

양도훈이랑은 같은 학교가 아니었지만, 학원이 같았다. 나는 양도훈에 대해 잘 몰랐다. 그래도 양도훈의 성적이 과목 상관없이 매우 좋다는 것은 알고 있었다.

"걔 담배 피워."

"그게 뭐?"

청소년이 담배를 피우면 안 되는 건 맞지만, 알게 모르게 흡연을 하는 애들은 꽤 많았다. 딱히 시끄러운 문제를 일으키지 않으면 담배 냄새 정도는 학원 선생님들도 그냥 넘어가 주는 편이었다.

"담배를 사는 방법이, 좀 그래."

"그래서 양도훈도 불면증이 생겼어?"

내 기억 속 양도훈에게는 다크서클이 없었다.

"아니."

"그럼?"

"음...... 떨어질 것 같아."

민구가 어물어물 대답했다.

"떨어진다고?"

"응."

"언제? 어디서? 뭐가? 양도훈이?"

"나도 잘은 몰라."

"모른다고?"

"응. 그렇지만 아마도 곧."

'아마도 곧'은 바로 다음 날이었다.

양도훈이 떨어진 게 아니라 양도훈의 성적이 떨어졌다. 학원 수강생 전부가 다 같이 이용하는 자습실의 벽면에 성적별 분반

결과가 붙었다.

"도훈이는 자습 끝나고 잠깐 선생님 좀 보자."

늘 높은 점수를 받던 양도훈이 최하위반으로 편성되었다.

"채점 잘못된 거지?"

아이들조차도 양도훈의 성적이 떨어진 걸 쉽게 납득하지 못했다.

"아니."

"네가 시험을 망쳤다고? 진짜로?"

나는 귀를 쫑긋거리며 양도훈의 다음 말을 기다렸다. 정말 민구의 힘으로 인해 양도훈이 저렇게 된 걸까. 벤자민이라는 식물이 민구의 바람을 들어준 걸까.

"몰라. 글자들이 잘 안 읽혀. 글자들이 빠른 속도로 낙하하는 기분이야."

민구가 떨어질 것 같다고 말한 것은 양도훈의 눈앞에 놓인 활자들이었고, 떨어지는 글자들은 양도훈의 시험 점수도 떨어뜨렸다. 귀를 쫑긋거리는 것만으로는 성이 차지 않았다. 나는 고개를 돌려 양도훈을 바라봤다.

"글자가 안 읽히니까 시험문제 파악이 안 되고, 그러니까 답도 잘 모르겠고 그래. 난독증 검사 받으려고 예약해 놓긴 했어."

의대 진학을 희망한다는 양도훈은 조금 주눅이 들어 보였다.

평소와 다른 모습이었다.

  수업 시작 시간이 되어 교실로 갔지만 나는 집중을 할 수 없었다. 얼른 수업을 끝내고 민구랑 이야기를 나누고 싶었다. 수업 종료 벨이 울리고, 먼저 가방을 싸서 나간 다음 학원 건물 앞에서 민구를 기다렸다.

"야, 강민구."

민구가 땅을 보며 되물었다.

"왜?"

"정말 네가 한 거야?"

"뭐를?"

나는 누가 들을까 봐 주변을 두리번거리며 나직하게 말했다.

"양도훈 말야."

"어."

민구가 대답을 하며 나를 스쳐 지나가서, 내가 민구의 뒤를 따라가는 모양이 되고 말았다.

"근데 이상하잖아."

"뭐가?"

민구가 내 눈을 바라보지 못하고 물었다.

"이재욱도 그렇고 양도훈도 그렇고, 개네들이 겪는 불운이라는 게, 그러니까 개네들은 그 불운의 원인을 모르는 거잖아."

"어? 그렇긴 하지."

"그런 게 의미가 있어?"

"의미?"

"이유는 모르겠지만 요새 잠이 안 오네, 스트레스 때문에 난독증이 생겼나 보네, 이렇게 넘어갈 수도 있는 일이잖아."

정말 그랬다. 이재욱의 경우, 어쩌다 보니 내가 고양이와 불면증의 연관성에 대해 힌트를 주긴 했다. 그러나 내가 말을 꺼내지 않았다면 영영 모르지 않았을까. 영영 모른다면 그 애들에게 그런 불운이 일어난 게 무슨 소용이 있는 걸까.

민구는 대답하지 못했다. 나도 대답을 재촉하지 않았다. 내 머릿속도 복잡했기 때문이다. 내가 겪은 불운, 가령 엄마가 나를 돌아보지 않고 가 버린 것에 어떤 원인이 있는 건 아닐까. 혹시 내가 모르는 어떠한 이유가 내게 그런 불운을 쏘아 올린 건 아닐까. 나는 알고 싶으면서도 알고 싶지 않았다.

하늘이 삽시에 어둑해지더니 비가 쏟아지기 시작했다. 일기예보에 맞지 않는 날씨였다. 강수 확률이 조금이라도 있었다면 늘 그랬듯이 루비 엄마가 우산을 꼭 챙겨 줬을 테니까.

상가 처마 아래에서 손차양으로 시꺼메진 하늘을 올려다보다 다른 생각에 맞닥뜨렸다. 어쩌면 혹시, 루비 엄마가 비 소식을 알고 있었지만 내게 우산 챙겨 주는 걸 잊은 건 아닐까. 오늘 아침 루비는 컨디션이 좋지 않은지 평소보다 더 칭얼거렸다. 그런 루비에게 신경을 쓰다가 의도적이었든 의도적이지 않았든 하여간에 나를 잊은 게 아닐까. 지나친 상상이라는 걸 머리로는 알았지만, 점점 거세지는 빗줄기처럼 울색은 짙어져만 갔다.

"우산 있어?"

"우산 빌려줄 수 있어?"

나와 민구가 동시에 말을 했다. 둘 다 우산이 없었다. 나는 민구를 보며 좀 멋쩍게 웃었고, 민구는 내 운동화를 보며 나와 똑같이 웃었다. 내게 민구는 여전히 좀 이상한 애였지만 그래도 전처럼 완전 별로는 아니었다.

우리는 누가 먼저랄 것도 없이 좀 더 가까운 민구네 집을 향해 전속력으로 달리기 시작했다. 달리기가 빠른 민구는 빗속에서도 모퉁이를 돌 때마다 걸음을 멈추고 나를 잠깐씩 기다려 주었다.

6 두 개의 이름

민구네 집에 들어서자, 민구네 할머니가 또 민구냐, 명두냐 묻고는 젖은 우리의 꼴을 보고 끌탕을 했다.

"할머니, 수건 좀 주세요."

현관에서 수건을 기다리며 나와 민구는 서로의 모습이 어쩐지 웃겨서 깔깔거렸다. 할머니가 화장실에서 마른 수건 두 개를 들고 와 하나씩 건네줬다.

"나랑 그거 바꿔."

민구가 흰색 수건을 내밀며 내 파란 수건을 가져갔다. 나는 흰색 수건으로 옷과 얼굴, 머리칼 그리고 가방의 빗물을 닦았다. 얼추 물기를 다 닦자 할머니가 수건을 다시 돌려달라며, 손을 뻗어 흔들었다.

"할머니. 하얀색만 수건이고 이렇게 색깔이 진한 건 다 걸레라고 했잖아요."

하마터면 걸레로 얼굴을 닦을 뻔했다. 나는 아이를 어르듯 할머니에게 수건과 걸레의 차이를 재차 설명하는 민구를 슬쩍 봤고, 민구는 내 눈길을 피했다. 나는 분명 민구를 안 좋아한다고 말했는데, 왜 계속 나한테 잘해 주는 건지 모르겠다. 발코니 너머는 늦은 밤처럼 까만 세상이었다. 빗소리가 그저 거셌다.

집에는 빗줄기가 좀 약해지면 가기로 했다. 식탁에 민구와 민구 할머니와 함께 앉아 볶은 서리태를 먹었다. 아작아작 콩 씹는 소리와 빗소리가 잘 어울렸다.

"근데 꼭 의미가 있어야만 하는 걸까?"

민구의 늦은 되물음이었다.

"나도 모르겠으니까 너한테 물었지. 네가 한 일이잖아."

"나도 잘 모르겠어."

"그렇게 모른다고 하기엔 양도훈도 그렇고 이재욱도 그렇고 꽤 고통스러울 것 같은데……."

"그렇겠지."

"막말로 네가 신도 아니잖아."

"아니지."

민구는 자신도 망설이지 않는 건 아니라고 했다. 하지만 결국에는 그렇게 되고 마는 게, 좀 괴롭다고 했다.

"괴롭다고?"

"응. 이재욱한테 휴지를 건네받을 때는 기분이 이상했어. 좀 무서웠달까."

"그렇게 괴로우면 안 하면 되잖아."

민구는 대답하지 못했다.

"기분이 이상하고 말고는 네 사정이고, 강민구 네가 그렇게 마음대로 벌을 줘도 되는 건지 나는 정말 모르겠어. 아무리 나쁜 짓을 했다고 해도……. 양도훈 같은 경우에는 겨우 담배를 피운다는 것 때문에 그런 벌을 받아야 하는 거냐고."

"담배를 피우는 게 문제가 아니라, 그걸 사는 방법이 좀 그래."

맞다. 민구는 담배를 사는 방법이 좀 그래서 양도훈의 이름을 벤자민에 붙였다고 했다. 할머니는 나와 민구의 대화가 들리지 않는 것처럼 까만 콩에만 집중하고 있었다.

"담배를 사는 방법이 어떤데?"

"학원 뒷문에서 길을 건너 오른쪽으로 꺾은 다음에 다시 왼쪽으로 꺾으면 편의점 하나 있거든. 그 앞에서 담배를 사."

민구가 손의 방향을 움직여 가며 길을 설명했다. 민구가 말한 그 편의점에서 나도 음료수를 사 먹은 적이 있다. 길을 건너는 게 약간 번거로울 뿐, 학원에서 그리 멀지 않아 가끔씩 가는 곳이었다. 어차피 민구의 말만으로는 이 의문이 말끔히 해소될 리 만무하니 나는 기회를 봐서 양도훈이 담배 사는 걸 한번 보기로 했다.

"그래서 너는?"

민구가 물었다.

"나, 뭐?"

"전에 말했잖아. 너를 위해 힘을 쓰고 싶다고."

"왜?"

"너한테 특별해지고 싶으니까."

민구는 앞에 할머니가 있든 말든 상관이 없는 것 같았다. 나는 봉지에 담긴 검은콩을 더 주워 먹으려다가 손을 거두었다.

"너 지금 나 이상하다고 생각하고 있잖아. 나는 너에게 이상한 애가 아니라 특별한 애가 되고 싶어."

민구가 덧붙였다. 그 순간, 나는 왜 혜주를 떠올렸을까. 특별한 애라는 표현 때문이었을까.

혜주에게는 친하게 지내는 무리가 있었다. 윤정이와 은아, 그리고 혜주 이렇게 셋이서 잘 어울려 놀았다. 그리고 이따금 연우까지 껴서 넷이서 놀기도 했다. 민구의 능력이 나쁜 일에만 발휘된다는 것을 알면서도 나의 머릿속에는 혜주가 떠올랐다. 만일 혜주가 조금 다친다면…… 그렇게 된다면 어떨까?

은아와 윤정이가 혜주를 좀 더 신경 쓰긴 하겠지. 하지만 그건 잠깐일 테고 얼마 안 가 저희끼리 놀기 바빠질 것이다. 만화카페에서 관찰한 바에 따르면 은아와 윤정이는 충분히 그러고도 남을 애들이었다. 어쩌면 혜주를 뺀 은아와 윤정이, 연우 이렇게 셋이 더 친밀한 무리가 결성될 수도 있다. 그러면 혜주의 옆자리에는 내가 있을 수 있지 않을까.

"나 말해도 돼?"

민구가 고개를 주억거렸다. 나는 비 오는 날의 어둑함을 틈타 내 마음의 뒷면을 드러내기로 했다.

"두 명도 돼?"

"두 명?"

민구는 조금 당황하는 것 같으면서도 천천히 고개를 끄덕였다.

"유혜주. 그리고 임선영도."

말해 버렸다. 민구가 처음으로 내 눈을 똑바로 쳐다보다가 시선을 떨어뜨렸다.

"진짜야?"

만약 민구가 왜냐고 물었다면 나는 나의 말을 번복했을지도 모른다. 혹은 임선영이 누구냐고 물었다면 내가 한 말을 다시 주워 담았을지도 모른다. 하지만 민구는 그저 진짜냐고 물었다.

"진……짜야."

민구네 할머니가 무심한 얼굴로 한 알 한 알 천천히 콩을 소리 내어 씹어 먹었다.

민구가 방으로 들어가서 네임 스티커와 펜을 들고 나왔다.

"여기에 이름 써."

나는 금방이라도 울음이 터질 것만 같아서 입술을 힘주어 앙다물었다. 빨간 테두리의 작은 네모 공백에 나를 낳아 준 엄마의 이름을 썼다. 그리고 내가 좋아하는 아이의 이름도. 손이 떨려서 파들파들 흔들리는 글자가 되고 말았다.

민구는 튼튼하고 무거운 남색 우산을 빌려주었다. 안쪽에는 맑은 하늘이 프린팅되어 있어 펼치면 기분이 달라지는 우산이었다.

"그냥 가져도 돼."

민구가 말했다.

"왜?"

"똑같은 거 많아."

민구네 우산꽂이는 현관 붙박이 신발장 안에 있었는데, 내게 빌려준 것과 똑같은 장우산이 여럿 있었다.

"그래도 돌려줄게."

"왜?"

"그냥 그래야 할 것 같아서……."

빈 네임 스티커에 두 개의 이름을 쓴 후로, 나는 내 안의 어떤 부분을 도려내서 팔면 안 되는 곳에다가 팔아넘긴 것 같은 기분에 휩싸였다. 그래서 자꾸만 옴츠러들었다. 목소리도 그랬다.
"내 말이 그 말이야."
민구의 말이었다.
"어?"
"그래야 할 것 같아서. 내 말이 그 말이라고. 이재욱도 그렇고 양도훈도 그렇고, 내가 여러 번 봤는데 그냥 넘어가면 안 될 것 같아서, 뭐라도 해야 할 것 같아서 그런 거야. 무슨 의미가 있는지는 모르겠고, 있어야 하는지도 모르겠고, 나도 괴롭지만 그냥 그래야 할 것 같아서 그러는 거라고."
민구가 이렇게 긴 문장을 한 번에 말하는 건 처음이었다. 나는 민구가 하는 말의 의미를 알 것 같으면서도 모를 것 같았다.

7 루비야, 루비야

민구네 아파트 단지를 나오는데 저 앞에 내가 든 것과 똑같은 우산을 든 사람이 걸어오고 있었다. 바짓단 아래로 보이는 건 하이힐이었고 커다란 링 귀걸이를 하고 있는 그 사람은 명두 삼촌이었다.

"명두 삼촌."

빗줄기가 잦아들긴 했지만, 그래도 주룩주룩 내리는 중이었다. 아는 사람을 만났으니 알은척을 하는 게 당연하다고 생각했다. 그런데 명두 삼촌은 내가 불렀는데도 대꾸를 하지 않았다. 들고 있는 우산의 각도를 이리저리 바꾸며 얼굴을 숨기기 바빴다.

"최명두 삼촌."

빗소리에 내 말을 못 들었나 싶어서 다시 한번 큰 소리로 부르며 우산살 끝으로 명두 삼촌이 든 우산을 톡톡, 쳤다.

"어? 은서야."

그제야 명두 삼촌이 반응했다. 진한 아이라이너로 강조한 눈매가 훨씬 그윽해 보였다.

"민구네 가요?"

"응. 은서는?"

"저는 민구네서 나와서 이제 저희 집에 가요."

"그렇구나. 그럼 조심히 가."

달팽이가 껍데기 속에 얼굴을 감추듯 우산을 깊게 쓰고 멀어지는 명두 삼촌을 바라봤다.

그래서 할머니가 명두 삼촌을 이모라고 했던 건가.

"다녀왔습니다."

집으로 돌아온 나는 손을 씻고 루비 곁에 앉았다. 루비 엄마는 건조기에서 옷가지들을 꺼내고 있었다.

"루비야, 누나랑 놀래?"

안 그래도 나는 루비랑 이야기를 나누고 싶었는데, 마침 루비 엄마가 말했다.

"제가 루비 보고 있을게요."

"고마워. 은서야."

루비 엄마는 아까부터 아이스 바닐라라테가 너무 먹고 싶었는데 비가 오는 상황에서 루비까지 데리고 나갈 엄두가 나지 않았다며 슬퍼했다.

"그러면 다녀오세요."

"진짜 고마워. 후딱 다녀올게."

나는 루비 엄마가 내게 너무 많은 것을 너무 많이 고마워하지 않았으면 했다.

—루비야.

집 안에는 나와 루비, 둘밖에 없었지만 나는 또 속으로 루비를 불렀다.

"읍, 하암."

루비가 조끄만 입을 있는 힘껏 벌려 하품했다. 루비는 하루가 다르게 부쩍부쩍 커 나갔다. 입안까지도 어제보다 더 넓어진 느낌이었다.

—루비야.

나는 루비를 또 불러 봤다. 오늘 하루 동안 일어난 별난 일들이 너무 많아서, 무엇부터 어떻게 시작해야 좋을지 몰랐다. 최신순으로 말해 볼까.

—명두 삼촌은 목욕탕에 가면 여탕으로 들어가고 싶어 할까.

"까룩."

루비가 토실토실한 발을 뻗대며 웃음을 터뜨렸다. 나는 루비의 다리를 붙잡아 꾹꾹 주무르며 이어 말했다.

―그리고 나는 혜주랑 가까워지고 싶어서 그런 거야.

"그릉."

루비가 또 침을 흘렸다.

―루비야, 루비야.

그다음 말이 쉬이 나오지 않아 나는 하릴없이 루비만 불렀다.

후딱 다녀오겠다는 말 그대로 루비 엄마는 진짜 빨리 돌아왔다. 나는 루비에게 하려던 다음 말들을 꼴깍꼴깍 안으로 삼켰다.

"받자마자 원 샷 한 거 있지?"

투명한 텀블러에 절반 정도밖에 안 남은 바닐라라테를 흔들며 루비 엄마가 말했다. 커피를 마신 루비 엄마의 얼굴은 아까보다 훨씬 밝았다.

"이건 우리 은서 거."

마카롱이었다.

"새로 나온 거래. 흑임자맛."

"고맙습니다."

마카롱은 너무 달아서 좋아하지 않았지만 일단 받았다.

"근데요."

"응?"

루비야, 루비야

"만약에 루비가 나중에 하이힐 같은 거 신고, 큼직한 귀걸이도 하고, 얼굴에 화장도 진하게 하고 밖에 다니면 어떨 것 같아요?"
"글쎄…… 솔직히 싫을 것 같아."
루비 엄마가 고개를 갸웃거리더니 이어 말했다.
"근데, 그런 차림을 싫어하는 내 모습이 루비를 슬프게 한다면 안 싫어할 수도 있을 것 같아."
그렇구나.
루비 엄마는 내게 왜 갑자기 그런 질문을 하는지 물어보지 않았다. 그래서 좋았다.

학원 수업이 끝나고 뒷문으로 나온 나는 길을 건넌 다음 오른쪽으로 꺾고 또 왼쪽으로 방향을 돌려 편의점 앞에서 양도훈을 기다렸다. 나 말고도 편의점 근처에는 한 사람이 더 있었다. 주정뱅이 행색의 노인이었다.
구름이 없는 맑은 하늘 아래 양도훈이 나타났다. 뿔테 안경이 코허리까지 내려가도 답답하지 않은지, 양도훈은 늘 안경을 쓰다 만 것처럼 코에 얹고 다녔다. 나는 딴청을 피우는 척 양도훈을 관찰했다. 양도훈은 편의점에 들어가지 않고 눕다시피 앉아 있는 주정뱅이 노인 앞에 쪼그려 앉았다.
"야. 야."

양도훈의 목소리였다. 우리보다 나이가 네 배 이상은 많아 보이는 사람을 거리낌 없이 하대했다. 양도훈은 그에게 담배 심부름을 시키고, 심부름값으로 술을 사 먹을 수 있는 돈을 얹어 주는 것 같았다. 양도훈에게나 노인에게나 익숙한 거래인 듯했다. 양도훈은 노인 근처에 쌓인 폐지를 발로 차 무너뜨리기도 했다.

노인이 사 온 담배 두 갑을 주머니에 찔러 넣고 유유히 걸어가는 양도훈을 따라갔다.

"야. 양도훈."

내가 부르자 양도훈이 고개를 돌렸다.

"누구더라?"

양도훈이 나를 보며 물었다. 그의 바지 양쪽 호주머니가 불룩했지만, 겉으로만 보아서는 그 안에 든 게 담배인지 아닌지 알기가 어려웠다.

"나 고은서라고, 너랑 같은 학원 다니는데."

"근데?"

양도훈이 몸을 뒤로 빼며 나를 살폈다. 아까 노인 앞에 있을 때의 양도훈과 지금의 양도훈 모습이 달랐다. 대충 보면 아예 다른 사람으로 오해를 할 정도로 얼굴의 표정이며 눈빛이며 서 있는 폼, 아니 분위기 자체가 전혀 달랐다.

"나 아까 네가 편의점 앞에서 하는 거 다 봤어."

"아…… 오해야……."

양도훈은 나한테 겁을 먹고 있었다.

"뭐가 오해라는 건데? 내가 뭘 본 줄 알고?"

"그, 그게 아니라…… 아무튼 아니야."

양도훈이 뒷걸음질을 치며 말했다. 약한 사람 앞에서만 강해지는 치졸한 타입이었다. 운이 좋게도 양도훈은 나를 약한 사람으로 보지 않은 것 같았다.

"그니까 뭐가 아니냐고. 설마 네가 저기 저 술 취한 할아버지, 그러니까 저 어른한테 담배 심부름 시키는 걸 말하는 건 아니겠지?"

"어? 아…… 그 사람은 그냥 알코올중독자야."

그냥이라니. 양도훈은 글자들의 추락과 지금 이 상황의 관계에 대해 전혀 짐작하지도 못할 것이다.

"그런데 너는 무섭지도 않아?"

"뭐…… 뭐가?"

담벼락이 바로 뒤에 있었기에 양도훈은 뒷걸음질도 제대로 칠 수 없게 되었다.

"우리 엄마가 그러는데, 편의점 앞 그 할아버지, 죽은 사람을 본대."

나는 우리 엄마, 라고 말하면서 머릿속에 루비 엄마를 바로 떠

올린 게 조금 놀라웠다.

"주…… 죽은 사람?"

"응. 영매라고도 하잖아."

"어?"

"무당 같은 사람 말야."

양도훈이 눈을 빠르게 깜빡거렸다.

"그 할아버지 맨날 소주만 먹지? 그리고 안주로 과자 먹을 때도 젓가락으로 집어 먹잖아."

"근데 네가 어, 어떻게 알아?"

관찰하는 요령 덕이었다. 아까 노인의 배경으로 소주병과 나무젓가락과 봉지 과자를 보았고 그것으로 얼추 맞춘 게 맞아떨어진 것이다.

"너 진짜 몰랐어?"

나는 어떠한 비밀을 누설하기 직전처럼 목소리를 깔았다.

"뭐…… 뭐를?"

걸려들었다.

"저 할아버지가 새벽마다 그 소주병에 젓가락 넣고 흔들면서 영혼 불러내는 거. 이 동네 사람들 다 알고 있을걸? 그래서 나는 당연히 너도 알고 있는 줄 알았는데……."

양도훈의 얼굴이 굳어 갔다.

"알면서도 그 사람을 그렇게 대하는 게 하도 신기해서, 그래서 물어본 거야. 너 글자가 안 읽힌다며? 그래도 괜찮나 해서."

나는 양도훈을 빤히 쳐다보며 고개를 갸웃거리는 걸 잊지 않았다.

"그냥 그렇다고. 뭐, 아무튼 그래. 난 간다."

이 정도면 충분히 알아먹었을 것이다. 성적이 좋은 애니 눈치가 없진 않겠지.

8 야, 고은서!

"고은서!"

복도에서 혜주가 나를 불렀을 뿐인데 들고 있던 교과서와 노트를 다 떨어뜨리고 말았다.

혜주와 마주칠 때마다 피가 마르는 것 같았다. 민구가 혜주의 화분에 어떤 불운을 불어넣었을지 두려웠다. 그럼에도 불구하고 민구에게 뱉은 말을 뒤집고 싶지는 않았다. 나는 혜주가 다치길 바랐다. 그게 어떤 마음인 건지 나 자신도 모를 정도로, 나는 혜주의 곁에 있고 싶었다.

"뭘 그렇게 놀라고 그래."

혜주가 나의 책들과 소지품들을 주우면서 말했다. 나를 위해 차가운 복도 바닥에 무릎을 꿇고 이것저것을 주워 품에 안는 혜주를 보니, 기분이 이상해졌다. 그 와중에도 나는 혜주의 몸에 못 보던 상처가 있지는 않은지 유심히 살폈다.

쭈그려 앉은 혜주가 서 있는 나를 올려다보며 장난기를 섞어 눈을 흘겼다.

"아무리 나 때문에 떨어진 거라고 해도, 좀 같이 줍지?"

"어? 미안."

그제야 나도 내 물건들을 주웠다. 책들 틈에 끼워 놓았던 화장품 파우치까지 열린 채로 떨어져서 팩트가 산산조각으로 망가진 게 보였다.

"이것도 지금 깨진 거야?"

내 화장품을 살피며 혜주가 물었다.

"어, 그런가 봐."

"아이 씨, 나 이번 달 용돈 다 썼는데."

혜주의 말이었다.

"그거 어차피 색도 마음에 안 들고 자꾸 뭉쳐서 거의 안 쓰던 거야."

내가 이어 말했다.

"깨져도 상관없어."

"아니야. 엄마한테 다음 달 용돈 미리 좀 달라고 하면 돼. 이거 별로면 내가 다른 거 사 줄게. 고은서 네 피부에 맞는 걸로."

"괜찮은데."

"야, 너 내가 사 준다는데도 자꾸 거절할래? 나 무안해지려고 그런다?"

혜주의 앙탈 같은 애교, 아니 애교 같은 핀잔을 들은 내 얼굴에 자꾸만 웃음이 피어났다.

"그…… 그럼 사 주든가."

그렇게 나는 혜주한테 화장품을 선물받기로 했다.

"그러면, 고은서 너 이번 주 토요일 시간 괜찮아?"

정말이지 혜주가 고은서라고 내 이름을 부를 때마다 지구의 자전 속도에 오류가 난 게 아닌가 싶을 정도로 울렁거리는 기분이 되었다.

"어? 어, 어!"

그래서 또 나사가 빠진 것 같은 대답을 하고 말았다. 토요일에는 내 가방이랑 루비의 내복도 살 겸 가족 다 같이 아웃렛에 가기로 하긴 했다. 하지만, 혜주와의 약속 시간에 따라 아웃렛 쇼핑 시간을 미루거나 나는 다음에 사겠다고 말하고 빠지면 되었다.

"아, 맞다."

혜주가 갑자기 자신의 이마를 콩, 때리며 말했다.

"나 토요일에 애들이랑 화덕피자 먹으러 가기로 했는데……. 고은서, 그럼 일요일은?"

화덕피자라는 말에 먹구름 낀 기분이 되었다가, 내 이름 세 글자를 듣자 다시 화창해졌다.
"일요일 괜찮아."
일요일에는 오랜만에 목욕탕에 다녀올까 했지만, 그런 건 한 주 미뤄도 상관없다.
"일요일 된다고?"
"응."
"좋아, 고은서랑 일요일에 화장품 사러 가야지."
혜주가 팔짝팔짝 뛰며 기뻐해서, 혜주가 나를 좋아할지도 모른다고 생각할 뻔했다.
수업 종이 울렸다.
"그럼 더 자세한 건 메시지로 얘기하자."
핑그르르 돌아선 혜주가 내게서 멀어졌다.

나는 내 옷장에 걸린 옷들을 전부 다 몸에 한 번씩 걸치고 거울 앞에 서 보았다. 일요일의 차림이 고민되었다.
-루비야.
이마에 빨간 점처럼 긁힌 자국이 생긴 루비는 꼭 만화영화에 나오는 주인공 같았다. 버둥대다가 자신의 손톱으로 제 이마에 상처를 냈다고 했다. 그 후로 루비 엄마는 루비의 손을 감싸 버렸다. 손끝까지 감싸인 루비는 살아 있는 봉제인형 같아서 더 귀여웠다.

 -나 좀 떨리는 것 같아.

 어제보다 더 얼굴이 통통해진 루비가 부욱, 하고 방귀를 뀌었다. 기저귀 사이로 묵직하게 울리는 그 진동이 기특했다.

 "루비, 방귀 뀌었니?"

 멸치볶음을 만들던 루비 엄마가 돌아보며 물었다. 나는 고개를 끄덕이며 작게 웃었다. 묵직하긴 했지만 부엌까지 들릴 정도로 우렁찬 소리는 아니었던 것 같은데. 이런 게 모성이라는 건가.

 "응가 아니고?"

 루비 엄마의 말에 나는 루비의 엉덩이에 코를 대고 킁킁 냄새를 맡았다. 그리고 기저귀도 만져 보았다.

 "그냥 방귀예요."

 "이유식 때문에 방귀가 늘었어. 냄새 지독하지?"

 "그냥 귀여워요."

 "냄새도 귀여워? 루비는 좋겠네. 누나 사랑 많이 받아서."

 루비 엄마가 나를 보며 웃었다. 나는 웃을 때마다 동그랗게 휘어지는 루비 엄마의 눈썹을 좋아했다. 나도 그렇게 웃고 싶어 거울을 보며 따라 해 보았지만 잘 되지 않았다. 루비는 커서 루비 엄마와 같은 눈썹을 가지게 되겠지. 그런 생각을 하면 부러우면서도 질투가 났다.

―나 혜주 만날 때 청바지 입을까, 아니면 면바지 입을까.

루비에게 물어보았다.

"므, 므."

루비의 입술이 미음 소리를 내서 나는 면바지를 입어야겠다고 생각했다. 마지막으로 혜주를 만났을 때 나는 청바지 차림이었다. 그러니까 면바지를 입는 게 뭐랄까, 좀 더 새로운 모습을 보여주기에 좋을 것 같았다.

오지 않을 것만 같았던 일요일이 마침내 왔다. 알람이 울리기 전에 눈이 떠졌다. 아직 해도 뜨지 않은 새벽이었다. 살금살금 거실로 나가니, 루비 엄마가 소파에 앉아 루비를 토닥이고 있었다. 나는 발소리를 조심하며 루비 엄마 곁에 앉아 무릎을 살짝 흔들었다. 눈이 반쯤 감긴 채로 루비 엄마가 내게 아침 인사를 했다.

"어, 은서야. 굿모닝."

반면 루비의 눈은 말똥말똥했다. 울다 그쳤는지 물기가 담겨 빛나는 눈으로 나를 올려다봤다.

"루비, 안 자요?"

"응. 한바탕 울더니 다시 잠들지를 않네."

루비 엄마가 절망적인 표정으로 말했다.

"제가 좀 안고 있을게요. 가서 더 주무세요."

"말만으로도 너무 고마워. 근데 괜찮아."

"저도 괜찮아요. 이렇게 앉아서 조는 것보다 누워서 자는 게 훨씬 나을걸요."

"그건 그렇지만……."

루비 엄마가 나를 편히 대하지 못하는 건, 내가 루비 엄마를 편하게 못 대하는 거랑 같은 이유일까.

"저 루비랑 둘이 있는 거 진짜 좋아하는데."

나의 말에 루비 엄마가 미소 지었다.

"그럼 부탁 좀 할게. 힘들면 언제든지 깨워."

나는 루비를 안고 바닥에 엉덩이를 대고 앉았다. 루비 엄마는 아빠가 자고 있는 안방으로 들어가지 않고, 거실 소파에 몸을 눕혔다.

"그냥 침대로 가도 되는데……."

"여기가 편해. 힘들면 바로 나 깨워. 알았지?"

나는 소파에 등을 기댔다. 루비 엄마는 쿠션에 머리를 대자마자 곧장 잠들었다. 루비 엄마의 숨소리를 들으며 루비를 하염없이 바라보는 시간이 좋았다.

—루비야, 나는 오늘 무슨 일이 일어날 것만 같은 느낌이 들어. 혜주는 어떤 팩트를 쓰는지 물어봐야겠어. 톤이 나랑 맞으면 똑

같은 걸로 살까 봐.

루비가 긴 속눈썹을 느리게 깜박거리며 침을 흘렸다. 이 정도 속눈썹 길이면, 연필을 올려 두어도 거뜬할 것 같았다.

혜주랑 어떤 이야기를 하게 될까. 어색하진 않겠지. 밥도 먹게 될까. 아니면 카페 같은 데를 가게 될까. 혜주가 화장품을 사 준다고 했으니, 음료는 내가 사야지. 조각 케이크도 하나 같이 먹어야겠다. 루비에게 하는 속말인지 나 혼자 하는 생각인지 분간이 되지 않았다.

십오 분 정도 지나자, 루비 엄마가 몸을 일으켰다. 덕분에 아주 꿀잠을 잤다고, 모처럼의 숙면이었다며 흡족해했다. 루비는 머리를 끼우뚱하며 졸고 있었다. 나는 루비 엄마의 수신호에 따라 조용조용 루비를 바운서 위에 눕혔다.

지난밤에는 얼굴에 팩을 하고 잤다. 요즘 부쩍 트러블이 나서 신경이 쓰였던 터라 뷰티스토어에서 가장 비싼 팩으로 큰마음 먹고 샀었다. 팩의 효과인지 얼굴 상태가 좀 나아 보였다. 하루의 시작이 좋았다.

너무 이르게 움직였나. 약속 시간이 아직 한 시간이나 남았지만 나는 이미 준비를 끝냈다. 옷은 물론, 어제 아웃렛에서 새로 산 가방도 메고 입술 틴트까지도 마친 상태였다. 침대에 눕고 싶었지만, 누웠다가는 머리가 망가질까 봐 이러지도 저러지도 못했다. 일단은 집을 나서기로 했다. 일요일이지만 아빠도 사무실에 잠깐 나가 봐야 한다며 씻고 있었다. 아빠보다 먼저 집을 나서는 내게 루비 엄마가 혜주랑 맛있는 거 사 먹으라며 또 돈을 줬다. 오는 길에 루비 엄마를 위해 차가운 바닐라라테를 하나 사 와야 겠다고 생각했다.

바람이 산들산들 불곤 하는 좋은 날이었다. 혜주랑은 지하 철역 2번 출구 앞에서 만나기로 했다. 출구 앞에 팬시점이 있기에 시간도 때울 겸 물건들을 구경했다. 그리고 혜주로부터 연락이 왔다.

"여보세요?"

"고은서? 너 어디야?"

아직 약속시간까지는 삼십 분 정도 더 남아 있었다.

"어, 나 이제 나가려고 준비하는 중이야."

내가 왜 이런 거짓말을 하고 있는지 나도 잘 몰랐다.

"그럼 잘됐다."

"어? 왜?"

"나 못 나갈 것 같아. 대신에 내가 기프트 카드 보낼 테니까 그걸로 너 가지고 싶은 거 사. 알았지?"

"어?"

"아무튼 알았지?"

전화를 끊는 혜주의 목소리가 터무니없이 경쾌해서 나는 할 말을 잃었다. 통화 기록이 떠 있는 핸드폰 액정을 바라보다 슬금슬금 화가 났다. 나는 최근 통화 목록으로 들어가 혜주에게 전화를 걸었다.

"고은서? 왜?"

"근데 혜주야, 너 혹시 무슨 일 있어?"

혜주의 목소리는, 무슨 일은 고사하고 흥겨운 일이라도 생긴 것 같았지만 나는 걱정을 한가득 담아서 물었다. 혜주의 목소리 톤을 제외하고는 걱정을 해도 마땅할 상황이었으므로 나는 목청 연기를 했다.

"무슨 일?"

"갑자기 약속에 못 나온다고 하니까 걱정이 돼서 그러지."

말에는 힘이 있다더니 정말 그런가, 걱정이 된다고 말을 하니 정말 걱정이 되면서 코끝까지 새큰해졌다.

"아, 아니야."

전화기 너머 혜주는 나를 좀 귀찮아하는 것 같았다.

"그럼 어디 아픈 거야?"

"아니 그게 아니라 윤정이가 무료 영화표가 생겼는데 같이 갈 사람이 없다고 그러잖아. 근데 그 표가 그냥 영화표가 아니라, 배우들 무대 인사가 포함된 거 있지? 대박이지? 아무튼 영화배우

실제로 보는 거 나 진짜 처음이란 말이야. 너무 신나."

"아, 그렇구나."

"그렇다니까!"

"난 또 무슨 안 좋은 일이 생긴 줄 알고 걱정돼서 그랬지."

"무슨 안 좋은 일은 없어. 내가 방금 기프트 카드 보냈으니까 너 마음에 드는 걸로 사. 알았지?"

"어, 어. 고마워."

"내일 보자."

"그래."

일방적으로 나와의 약속을 깨 버린 혜주에게 사실은 하나도 고맙지 않았는데. 나는 고맙다는 말을 지껄여 버린 내 입을 손등으로 닦으며 자책했다.

혜주의 말대로 기프트 카드 금액권이 문자로 와 있었다. 전혀 반갑지 않았다. 나는 이런 걸 바란 게 아니었다. 이걸 받자고 지난밤에 팩을 하고, 잠을 설치고, 오늘 아침 새벽같이 눈을 뜬 게 아니었다.

왜 나는 민구에게 그 이름들을 말하면서 물음표를 품었을까. 나는 물음표들을 깨끗이 지워 버렸다. 진심으로 혜주가 다치길 바랐다. 내가 쓴 이름의 모두가 아프기를 원했다. 민구가 제대로 힘을 발휘해 주길 빌었다. 나를 함부로 다룬 이들은 다쳐도 싸다.

"늦게 들어올 거라더니 일찍 왔네?"

혜주랑 화장품을 산 다음 카페에 갔다 올 수도 있었기에 나는 늦게 들어올지도 모른다고 루비 엄마에게 미리 말해 두었었다.

"이거 드세요."

일찍 왔냐는 말에는 대답을 않고, 사 온 바닐라라테를 내밀었다.

"어머, 루비야. 은서 누나 너무 감동이다. 그치?"

루비 엄마가 환하게 웃으며 커피를 받아 들었다.

"플라스틱 모은 거 제가 버리고 올게요. 아, 아니면 제가 루비 볼까요?"

"그럼 루비 좀 봐줄래?"

루비 엄마 말에 고개를 끄덕이며 손을 씻으러 화장실에 들어갔다. 오늘 화장도 정말 잘되었는데. 나는 거울에 비친 내 모습에 괜한 울화가 치밀어 손을 더 힘주어 닦았다.

—루비야.

루비 엄마가 나가자마자 나는 루비에게 토로했다.

—너무한 거 아니야, 정말?

루비는 고개를 흔들며 알 수 없는 표정을 지었다.

—내가 많은 걸 바란 거야? 너는 어떻게 생각해?

"호브브브."

―어휴, 그래 내가 루비 너한테 무슨 말을 하는 건지 모르겠다. 아무튼 루비야, 너는 나중에 학교 가서도 혜주 같은 애랑 엮이지 말고 지내. 알았지?

그러나 나는 혜주랑 엮이고 싶었다.

9 딸꾹거리는 신승희

 우산을 갖다주러 민구네 집에 갔다. 민구네 집에는 민구와 명두 삼촌 둘만 있었다. 민구는 즐비한 화분들에 물을 주고 있었고, 명두 삼촌은 할머니 카디건 단추를 꿰매고 있었다. 티셔츠처럼 벗으면서 단추 실이 끊어졌다고 했다.
 "할머니는요?"
 "데이케어센터에 가셨어. 이번 주부터 일요일도 보내기로 했거든. 집에서는 맨날 누워서 텔레비전만 보시니까."
 명두 삼촌은 어쩐지 나와 눈을 마주치지 않으려는 것 같았는데, 바느질에 집중하느라 그런 것 같기도 했다.
 "전에 민구한테 빌린 우산 갖고 왔는데 우산꽂이에 넣어 둘까요?"

"어, 그래 줄래?"

신발장 안쪽에 우산을 찔러 넣었다.

"은서 저녁은 먹었어?"

반짇고리를 닫은 삼촌이 물었다. 시계를 보니 밥을 먹을 때이긴 했다.

"아직이요."

"잘됐다. 지금 저녁 먹으려던 참인데 그럼 같이 먹을래?"

우리 집에는 루비 엄마와 루비, 그리고 회사에서 돌아온 아빠가 있을 것이다. 내가 민구네 집에서 밥을 먹고 간다고 하면 모처럼 셋이서만 오붓한 시간을 보내게 될 테지.

"메뉴가 뭔데요?"

"중국집 시켜 먹으려고. 은서도 같이 먹으면 양장피나 고추잡채도 시켜 줄게."

"탕수육은 별로예요?"

"탕수육도 좋지. 강민구, 너 탕수육 괜찮지?"

"난 아무거나."

민구가 고개도 돌리지 않고 대답했다. 나랑 민구는 간짜장을 골랐고 삼촌은 짬뽕을 골랐다.

"내가 너희 나이 때는 그냥 짜장면이지 간짜장이 뭔지도 몰랐어."

명두 삼촌이 뺑글뺑글 웃으며 핀잔을 주었다. 명두 삼촌의 웃음을 보니, 아까의 어색한 공기가 날아간 것 같아 마음이 한결 가벼워졌다.

"엄마한테 밥 먹고 간다고 전화 좀 할게요."

민구가 방으로 들어가서 편하게 통화하라는 손짓을 했다. 나는 민구 방에 들어가서 소리가 나지 않게 주의하며 문을 끝까지 닫았다. 루비 엄마에게 전화를 걸었다.

"저 좀 늦을 것 같아요."

"얼마나?"

"친구 집에서 저녁 먹고 가려고요."

"갑자기?"

"네…… 그러면 안 돼요?"

"안 되는 게 아니라, 은서 들어오면 새로 생긴 멕시칸 레스토랑 가려고 했거든. 은서 타코 좋아하잖아."

친구 집에서 먹고 들어가고 싶다고 재차 말하자,

"그럼 우리도 간단하게 뭐 시켜 먹어야겠다. 타코 가게는 다음에 가자."

라고 루비 엄마가 말했다. 전화기 너머로 루비가 웅얼대는 소리가 들려, 갑자기 루비가 무척 보고 싶어졌다.

"아, 아니에요. 저 빼고 타코 드시고 와도 돼요."

"에이, 은서 없으면 무슨 재미니."

루비 있잖아요, 하는 말이 목구멍에서 뱅글뱅글 돌다가 속으로 내려가 명치 부근에 턱 걸렸다.

"그럼 맛있게 먹고 재밌게 놀다 와."

그렇게 통화를 끝내고 나가려는데 민구의 책상 위에 놓인 로즈메리 화분이 눈에 들어왔다.

> 신승희

그 화분에는 신승희 이름이 적힌 스티커가 붙어 있었다. 나는 유혜주 또는 임선영이 적힌 화분을 보게 될까 봐 서둘러 민구의 방을 빠져나왔다.

"은서 너는 왜 내가 아무렇지도 않니?"

내 몫의 그릇에 붙은 랩을 떼어 주며 명두 삼촌이 물었다. 나는 명두 삼촌이 무슨 말을 하는지 바로 알아차리지 못했다. 잠깐 정적이 흐른 후, 비 오는 날 만났던 삼촌 모습에 대한 이야기라는 걸 이해했다.

"왜 아무래야 해요?"

내가 되물었고 명두 삼촌은 대답하지 않았다. 노란 단무지를 아작아작 씹던 민구가 입을 열었다.

"삼촌이 아무렇고 싶은 거 아니야?"

"그건 아닌데…… 그게 그렇게 되는 건가?"

민구는 명두 삼촌과 나 사이에 있었던 일을 알고 있는 걸까. 나는 탕수육에 소스를 부어 먹는 걸 좋아했지만 민구가 정색을 하고 만류해서 그냥 찍어 먹었다. 찍어 먹다 보니 그렇게 먹는 것도 나쁘지 않았다.

"이상하진 않고?"

거의 다 먹어 갈 즈음 명두 삼촌이 나를 보며 또 물었다.

"이상해야 해요?"

나도 또 되물었다.

"삼촌은 이상하고 싶어?"

이번에도 민구가 중간에 끼어들었다.

"어? 어, 그건 아니지만……."

삼촌이 말끝을 흐렸다.

"삼촌, 그런 걸 자의식 과잉이라고 부르는 거야."

"뭐?"

"자꾸 그런 식으로 꼬치꼬치 사람 피곤하게 캐묻는 거, 남의 시선을 꼬아서 생각하는 거, 삼촌의 자의식 과잉이라고."

아무래도 명두 삼촌의 취향을 알고 있는 것 같은 민구가 삼촌을 공격했다. 삼촌은 케이오를 당한 채 아무 반박도 하지 못했다.

그러다 우리는 푸하하, 하고 같이 웃음을 터뜨리고 말았다. 웃지 않을 이유가 없었기에 오래 웃었다.

집으로 가는 길의 횡단보도를 건너다가 다시 민구네 집 쪽으로 방향을 틀었다.

불현듯 신승희의 이름이 붙어 있던 화분이 떠올랐기 때문이다. 신승희는 얼마 전 우리 학원에 새로 등록해서 지금까지 고작해야 다섯 번 정도밖에 보지 못했다. 조용하고 말이 없지만 교실 맨 앞줄의 한가운데에 앉는 걸 좋아하는 아이였다.

마지막으로 보았을 때 신승희는 계속 딸꾹질을 하고 있었다. 자신의 딸꾹, 소리가 신경 쓰였는지 마스크를 끼고 매번 앉는 자리가 아닌 맨 뒷자리 중에서도 구석 자리에 앉아 있었다.

민구네 집 초인종을 눌렀다. 민구가 문을 열어 주었다.

"뭐 놓고 갔어?"

명두 삼촌은 식탁에 앉아 손톱에 반짝이가 가득 올라간 팁을 붙이고 있었다. 젤램프의 불빛이 명두 삼촌의 손을 신비롭게 비췄다. 나는 현관문 손잡이를 잡은 채로 민구에게 물었다.

"네가 신승희한테 뭔가 빌었지?"

"응."

늘 순순한 민구의 대답이 이번에는 좀 못마땅하게 느껴졌다.

"왜?"

"너 지갑 없어졌잖아."

지갑? 얼마 전 나는 지갑을 잃어버렸다. 지갑 자체는 비싼 게 아니었지만 종이 쿠폰들과 체크카드, 증명사진, 아끼던 스티커가 모조리 없어져 무척 속상했다.

"네 지갑 걔가 훔쳤어."

몰랐던 일이다.

"진짜야?"

나는 내가 어딘가에서 칠칠치 못하게 흘려 잃어버린 걸로만 생각하고 있었다.

"응. 내가 봤어."

명두 삼촌이 현관에서 대치 중인 나와 민구를 바라봤다.

"내가 무서워?"

민구가 물었다.

"뭐?"

"나를 무서워하는 얼굴이라서……."

민구의 목소리가 떨렸다.

"무섭고 싶어?"

내가 이어 말했다.

"그거 자의식 과잉이야."

누가 먼저랄 것도 없이 나와 민구, 명두 삼촌이 풉 웃음을 터뜨렸다. 웃음의 여운이 거의 사그라들 즈음, 내가 말했다.

"근데 그 지갑 다 낡아서 안 그래도 버리고 새로 사려 했어. 그러니까 신승희 딸꾹질 낫게 해 줘. 맨 뒷자리에서 눈치 보면서 수업 듣는 거 불쌍하잖아."

"그건 못 해. 안 좋은 것만 이루어진다니까."

나는 말없이 물러날 수밖에 없었다. 임선영과 유혜주에 대하여, 언제 얼마만큼 어디를 안 좋게 만들 건지 묻고 싶은 마음을 꾸역꾸역 누른 채.

오늘의 체육은 피구 시합이었다. 남녀 분반으로 진행되었기에 운동장 한쪽에 여학생들만 모였다. 가장 키가 큰 애 둘이서 가위바위보를 해서 이긴 사람이 먼저 한 명을 뽑고, 진 사람이 다른 한 명을 고르는 식으로 편을 갈랐다. 가위바위보의 주자들이 친한 부류와 피구를 잘하는 부류 사이에서 쩔쩔매는 사이 환호성과 야유가 끊임없이 이어졌다. 소란스럽고 빠르게 편이 갈렸다. 예능 프로그램의 한 장면을 보는 것 같았다.

"어, 고은서 너도 여기야?"

혜주가 먼저 선택되었고 거의 끝자락에서 내가 뽑혔다. 나는 혜주와 같은 편이 되자마자 속으로 기뻐하고 있었는데 혜주는 시합 시작 직전에서야 나와 자신이 같은 편이라는 걸 알아챘다.

"어? 우리 같은 편이네? 몰랐어."

오기가 발동해서, 몰랐다고 말했다. 혜주 앞에서는 사실과 전혀 다른 말이 술술 흘러 나왔다.

외야수 한 명을 빼고 전부 네모 안에 들어갔다. 공에 맞으면 상대편 네모 바깥으로 나가야 했다. 공을 잡으면 죽지 않고 그대로 공격 기회를 가질 수 있었다. 선생님의 호루라기 소리에 시합이 시작되었다.

나는 원래 운동을 잘 못하는 편이었고 그중에서도 구기 종목은 최악이었다. 눈에 띄지 않아서인지 상대편도 나를 타깃으로 삼지 않았다. 정신을 차려 보니 나는 최후의 세 명 중 하나가 되어 있었다. 혜주는 체육에 능한 편이라 여러 번 공격을 당했지만 그때마다 공을 멋들어지게 캐치했고, 살아남았다. 공교롭게도 상대편 네모 안에도 남은 숫자가 셋이었다.

"저기 고은서 있잖아. 고은서부터 가자!"

"그래, 고은서 있었네!"

뒤늦게 내 존재를 알아챈 상대편이 수군거렸다. 돌연 주목을 받게 된 나는 긴장감에 온몸의 세포가 딱딱하게 굳는 것 같았다. 우리 편은 애초부터 기대가 없다는 듯 나를 버리는 카드처럼 대했다.

"야, 고은서."

혜주가 나를 불렀다.

"어?"

"공을 끝까지 봐."

혜주가 내 손목을 세게 잡았다가 놓으며 말했다. 그 순간 온몸의 세포들이 다시 살아났다.

"알았지?"

혜주가 내 얼굴 가까이에 자신의 얼굴을 들이밀며 고개를 끄덕였다.

"어, 어!"

나는 산만하게 대답을 하며 혜주의 가는 발목을, 적당한 근육이 잡혀 있는 종아리를, 요철이 도드라진 무릎뼈를 바라봤다. 혜주는 엉덩이를 살짝 뒤로 빼고 다리를 넓게 벌려 어디로든 빠르게 몸을 움직일 자세를 취하고 있었다. 뒤꿈치를 살짝 들고 두 팔을 적당한 높이로 올린 채로. 들썩들썩, 혜주의 발끝 움직임을 따라 같이 흔들리는, 하나로 높게 묶은 혜주의 머리카락 움직임이며 혜주의 어깨 리듬에 자꾸만 눈길이 갔다.

공이 날아왔고, 나는 공을 끝까지 쳐다보다가 피했다. 나를 향해 돌진하는 공을 도저히 잡을 자신까지는 생기지 않아 몸을 돌린 것이다. 내 옆에 있는 줄 알았던 혜주는 어느새 나의 뒤에 있었다.

나는…… 혜주가 내 뒤로 움직이는 걸 보았던가. 내가 공을 피하면 그 공이 혜주에게 갈 거라는 걸 예상하고 있었던가. 나 때문에 시야를 방해받은 혜주가 제대로 대응하지 못할 거라는 걸 알고 있었던가. 모르겠다, 하나도.

혜주는 반박자 늦게 반응을 하다가 공에 맞아 모래 운동장에 거칠게 넘어지고 말았다.

에이스인 혜주가 죽고, 허접인 내가 살아남은 형국이 되었으니 상대편의 승리가 뻔했다. 혜주가 절뚝거리며 네모 밖으로 나가는 모습을 보지 못한 건, 어지러운 분위기 탓으로 해 두고 싶다. 곧장 나도 공에 맞아 밋밋하게 죽었으니까.

"선생님, 유혜주 좀 심각한 거 같은데요?"

누군가가 말했다. 혜주의 오른쪽 허벅지부터 발목까지 모래에 쓸린 상처에서 피가 나고 있었다. 피가 맺히는 걸 넘어서 뚝뚝 흘렀다. 운동장이 빨갛게 물들어 갔다. 혜주의 체육복은 흙모래 범벅이었고, 팔꿈치와 손등에서도 피가 나고 있었다. 선생님의 지시에 따라 혜주와 반장이 보건실로 갔다. 절름거리는 혜주의 걸음이 환각처럼 아른거렸다.

혜주는 다음 교시에도, 그다음 교시에도 교실에 돌아오지 않았다.

"혜주 아직 보건실에 있어?"

나는 종례 직전에 반장에게 다가가서 조심스레 물었다.

"병원 갔어."

"어?"

"보건 쌤이 상태 보더니 병원 가야 한다고 하던데?"

혜주의 붉은 팔과 다리에 정신이 팔려서 나는 혜주의 얼굴을 보지 못했었다. 혜주가 어떤 표정이었는지 알 수 없었다.

두 발목에 커다란 추가 매달린 것처럼 걸음을 내딛기가 어려웠다. 발을 끌듯이 걸으며 아주 더디게 집으로 갔다. 혜주가 이렇게 되었다면, 임선영은 어떻게 되었을까. 내 발걸음은 물론이고, 나를 둘러싼 세상도 무거워져서 나의 모든 게 조그맣게 오그라들 것 같았다. 이렇게 된 거, 완전히 쪼그라들어 아예 없어지면 좋겠다고 생각했다.

"……다녀왔습니다."

목소리도 잘 나오질 않았다. 현관에는 처음 보는 신발들이 있었다.

"은서, 오늘 좀 늦었네? 무슨 일 있었어?"

"아, 아니요."

내가 들어가자 식탁 의자에 앉아 있던 이들이 일어섰다. 신승희였다. 그리고 신승희와 입매가 닮은 어른 여자.

"승희 알지? 은서랑 학원에서 같은 반이라던데."

신승희가 나를 힐끔거리다가 딸꾹, 하고 몸을 들썩였다. 아직도 멈추지 않은 딸꾹질이었다. 대충 기억을 톺아보더라도 무려 사흘이다. 딸꾹질을 사흘 넘게 하는 건 어떤 기분일까.

"아."

식탁 위에는 잃어버린, 아니 신승희가 훔쳐 간 내 갈색 지갑이 놓여 있었다.

"은서, 안녕? 나는 승희 엄마야."

신승희네 엄마가 나를 보며 입으로만 웃었다.

"안녕하세요."

"승희가 은서한테 사과할 일이 있어서 아줌마가 이렇게 같이 왔어."

신승희네 엄마의 말에 신승희가 눈을 내리깔았다. 한쪽 손으로 다른 쪽 손끝의 거스러미를 집요하게 뜯고 있었는데, 그러다가 딸꾹질이 나올 참이면 급하게 고개를 숙이고 입을 가리며 딸꾹, 하는 것이 반복되었다.

"승희야, 말해야지?"

신승희네 엄마가 신승희의 어깨를 만지며 말했다.

"내가 말도 안 하고 네 지갑을 가져가서 미안해, 끅."

신승희가 말했고 신승희네 엄마가 지갑을 든 채 내게 한 발짝

다가오며 말했다.

"아줌마도 미안해. 여기, 돌려줄게."

나는 엉겁결에 지갑을 받았다.

"안에 다 확인해 봐. 없어진 거 없는지."

신승희 엄마의 말에 나는 지갑을 열어 보았다. 다 있었다. 지폐 부분에 비상금으로 넣어 두었던 현금도 그대로였다.

"다 있어요."

신승희네 엄마가 신승희에게 다시 눈짓을 했고 신승희가 입술을 움직였다.

"진짜 미안해."

루비 엄마는 멀찍이 떨어져 서 있었다. 안고 있는 루비의 엉덩이를 토닥토닥 두들기며 몸의 무게를 두 다리에 번갈아 실었다. 루비가 갑자기 울거나 칭얼대지 않도록 어르는 중이었다.

"이해하기는 어렵겠지만 그래도 은서가 괜찮다면, 아줌마가 이 상황에 대해 조금 설명해 봐도 될까?"

"네? 네."

신승희네 엄마가 목을 한번 가다듬고 말했다.

"그러니까 말야, 승희가 은서를 미워해서 일부러 지갑을 가져간 건 아니야. 승희가 생리를 시작했거든. 생리 전에 뭔가 남의 물건을 갖고 오고 싶은 그런 충동이 들기도 한대. 뭐랄까, 일종의

증후군 같은 건데 이제 아줌마도 알게 되었으니 승희랑 같이 치료받으면서 고칠 거야."

나는 고개를 끄덕였다. 그런 증후군에 대해 들어 본 적이 있긴 했다. 신승희가 또 딸꾹질을 했다.

"그래서 말인데 은서야. 아줌마가 부탁 하나만 해도 될까?"

신승희네 엄마가 두 번째 손가락을 펼쳐 보이며 간곡하게 말했다. 나는 루비 엄마를 쳐다봤다. 나와 눈이 마주치자 루비 엄마가 아주 작게 고개를 끄덕였다. 아마도 내가 잘하고 있다는 뜻 같았다.

"승희가 이 안 좋은 버릇을 꼭 고칠 수 있도록 아줌마가 노력할게. 그러니까 승희가 은서 지갑 가져간 거 아무한테도 말하지 않아 줄 수 있을까?"

내게 부탁을 하는 신승희네 엄마가 좀 딱해 보였지만, 나는 누군가에게 말할 생각이 애초부터 없었다. 신승희가 내 지갑을 훔친 걸 나보다 먼저 알고 있던 사람은 강민구지만, 강민구는 원래 친구도 없고 과묵한 편이니까 아무에게도 말을 하지 않을 게 분명했다.

"네. 말 안 할게요."

나는 주저하지 않고 대답했다.

"너무 고마워, 은서야."

신승희네 엄마가 내 손을 부여잡으며 허리 숙여 인사했다. 다 큰 어른이 내 앞에서 몸을 굽히자 나도 몸 둘 바를 몰라 같이 허리를 굽히게 되었다. 시선 끝에 주방 구석에 놓인 커다란 과일 바구니가 보였다. 굳이 확인하지 않아도 신승희네 엄마가 사 온 걸 알 수 있었다.

"모쪼록 잘 부탁드립니다. 은서 어머니."

신승희네 엄마가 루비 엄마에게도 머리를 깊게 숙이며 인사했다. 루비 엄마가 루비를 안은 채로 같이 고개를 숙였다.

"가자, 신승희."

신승희네 엄마가 좀 전까지와는 다른 어조로 신승희를 보며 말했다. 신승희가 쭈뼛쭈뼛 걸음을 옮겼다. 현관까지 배웅을 했고, 때맞춰 터진 루비의 울음을 달래기 위해 루비 엄마가 먼저 집 안으로 들어갔다.

나도 인사를 하고 현관문을 닫으려던 찰나, 엘리베이터를 기다리던 신승희네 엄마가 신승희의 등짝을 엄청 세게 때리는 것을 보게 되었다. 신승희의 몸이 휘청거릴 정도의 강도였다. 내가 문틈으로 보고 있다는 걸 둘 다 모르는 것 같았다.

"아! 아프잖아."

신승희가 오만상을 찌푸리며 투덜댔다. 그러면서 또 딸꾹, 했다.

"정신 차리라고."

나는 뒤로 걸으며 소리가 나지 않게 현관문을 마저 닫았다. 신승희네 엄마가 신승희의 등짝을 때리는 장면이 눈앞에 어룽거렸다.

⑩ 소슬덕 할머니와의 이별

 몸살 기운이 있어 조퇴를 한 후로 이틀 내리 학교에 갈 수 없을 만큼 아팠다. 고열이 지속되었고 겨우 잠이 들면 악몽에 시달렸다.
 저녁에 아빠가 퇴근하고 돌아오면 루비 엄마는 루비를 아빠에게 맡기고 내 옆에 붙어 있었다. 잠결에 인기척을 느껴 실눈을 떠 보면 루비 엄마가 보였다. 수건으로 내 몸을 닦아 주며 열을 재고 해열제와 물을 챙겨 줬다.
 조퇴하던 날 반장에게 들은 바로는 혜주는 뼈가 부러지거나 인대가 늘어나거나 그런 게 아니라 단순한 찰과상이랬다. 다만 그 상처가 심해서 약을 자주 듬뿍 발라 주고, 딱지가 생기면 관리를 잘 해야 한다고 들었다. 정도가 어쨌든 나는 민구의 힘을 빌려 혜주가 안 좋게 되기를 바랐고 그게 이루어졌다. 그리고 임선영에 대해서는 어떤 나쁜 일이 벌어졌는지조차 알지 못하고 있었다.

자고 나니 열이 많이 내렸지만, 하루 더 학교를 빠지기로 했다. 점심을 먹고 쉬고 있는데 모르는 번호로 전화가 왔다. 부재중 전화로 넘어갈 때까지 받지 않았더니 또 걸려 왔다. 연이어 걸려 오는 전화의 진동음이 조금 불길했다.

"은서야, 전화 온다."

내가 전화 오는 걸 모르고 있다고 생각했는지 루비 엄마가 일러 주었다. 얼마 전 신승희네 엄마가 사다 준 애플망고를 깎아 내오던 중이었다. 전화를 받고 싶지 않았지만, 루비 엄마에게 둘러댈 수 있는 이유가 딱히 없어서 그냥 받았다.

"이거 고은서 핸드폰이죠?"

수화기 너머의 남자 목소리가 알 듯 모를 듯 했다.

"제가 고은서인데요? 누구세요?"

"나 민구네 삼촌, 명두 삼촌이야."

명두 삼촌은 민구네 할머니가 돌아가셨다고 했다. 자는 듯이 평온하게 가셨다고 덧붙였다.

"은서가 와 주면 좋을 것 같은데."

삼촌은 친구가 많이 없고 민구네 엄마도 친구가 거의 없는 편이라 장례식장이 너무 심심하다며 할머니랑 일면식이 있는 나라도 잠깐 와서 편육이랑 육개장을 먹고 가라고 했다.

민구네 할머니와 따로 깊은 대화를 나눈 적은 없었지만, 있는 듯 없는 듯 나와 민구 또는 명두 삼촌과의 대화를 지켜보던 할머니의 모습이 떠올랐다. 검은콩을 오도독, 야무지게 씹던 주름진 턱까지도.

"옷은 뭐 입어야 해요?"

"그냥 은서 편한 걸로 입고 와."

"갈게요."

나는 명두 삼촌에게 위치를 문자로 남겨 달라고 말했다.

"어디 나가려고? 오늘까지는 집에서 쉬는 게 좋을 거 같은데."

루비 엄마에게 친구의 할머니가 돌아가셨다고, 몇 번 뵌 적이 있고 같이 아이스크림이랑 콩을 먹은 적도 있다고 말했다. 루비 엄마는 깜짝 놀라며 자신의 입을 막았다.

"장례식장이 어딘데?"

마침 명두 삼촌으로부터 도착한 문자를 루비 엄마에게 보여 줬다.

"나랑 같이 가자. 내가 데려다줄게."

루비 엄마가 검은색 양말을 찾아 주며 말했다.

"그럼 루비는요?"

소슬덕 할머니와의 이별

루비는 한참 낮잠에 빠져 있었다. 루비 엄마가 어딘가로 전화를 걸었다. 루비 외할머니에게 도움을 청하는 통화였다.

루비 외할머니가 택시를 타고 금방 오셨다.

"급하게 오느라 은서 줄 것도 없이 빈손으로 왔으야."

꽃무늬 옷을 입은 할머니가 내 등을 쓰다듬으며 반가워했다. 아직은 어색한 내가 무안해질 만큼 무람없는 손길이었다. 루비 외할머니를 보자 민구네 외할머니가 자연스레 떠올라 마음이 더 먹먹해졌다. 있지만 없는 나의 외할머니까지도 가물거렸다.

"무슨 일 있으면 전화해. 은서랑 금방 다녀올게. 애들 아빠도 금방 올 거야. 내가 말해 놨어."

"그려, 그려."

루비 엄마가 할머니에게 당부를 했다. 루비 엄마는 장례식장 안에는 들어가지 않겠다고 했지만 그래도 혹시 모른다며 검은 원피스를 갖춰 입었다. 루비 외할머니가 종종거리며 나갈 채비를 하는 루비 엄마 뒤를 따라다니며 세심하게 살펴 주었다.

내가 나중에 루비 엄마만큼 나이가 든다면 루비 외할머니가 루비 엄마에게 하듯이 나를 대해 줄까. 나는 루비 엄마를 볼 때마다 매번 이런 계산을 하게 되었고, 속으로 그런 생각이나 하고 있는 나 자신이 정말 싫었다.

"노래 틀어 줄까?"

운전대를 잡은 루비 엄마가 물었다.

"아니요. 괜찮아요."

"사실은 나도 노래 안 듣고 싶었어. 초행길에는 내비게이션만으로도 벅차서."

루비 엄마와 마주 보고 웃은 나는 고개를 돌려 창밖을 바라봤다. 어느새 저물어 가는 햇살이 뜨거웠다. 고가도로로 진입하는데 내비게이션으로 쓰고 있던 루비 엄마의 핸드폰이 울렸다. 액정에는 아빠의 이름이 떠 있었다. 루비 엄마가 스피커폰 모드로 전화를 받았다.

"지금 장모님이 루비 보고 있는 거야?"

"응."

아빠는 조금 일찍 퇴근을 했다며 간단한 요깃거리를 사서 들어갈 거라고 했다.

"은서 컨디션은 좀 어때?"

"많이 나아졌어."

루비 엄마가 나를 보며 답했다. 나는 약간의 미열을 느끼며 루비 엄마에게 동의의 미소를 지어 보였다.

"근데 장모님이 루비 잘 보시겠지?"

"그럼. 아까 낮잠도 충분히 자서 잘 놀고 있을 거야. 이유식도

다 챙겨 놨고."

"그래도 장모님은 아기를 키워 본 적이 없으시잖아."

"그래서 무슨 일 있으면 바로 전화하라고 했어. 괜찮을 거야."

아빠와 루비 엄마의 통화가 끝났지만 뭔가 이상했다. 아기를 키워 본 적이 없다고? 루비 엄마의 엄마인데?

"그런데 루비 외할머니는 아기 엄마였던 적이 없어요?"

혼자 끙끙 앓을수록 정답과 거리가 먼 함정에 빠지기 쉽기에 나는 루비 엄마에게 직진으로 물어봤다.

"응, 그렇대."

루비 엄마는 모르는 사람에 대해 이야기하는 것처럼 루비 외할머니에 대해 말했다.

"왜요?"

"왜 나를 낳아 키운 게 아니냐고, 묻는 거지?"

나는 네, 하고 대답했다. 다른 사람에게 루비 엄마에 대해 말할 때는 엄마라는 말이 잘 나왔지만, 정작 루비 엄마 앞에서는 엄마라는 말이 선뜻 나오질 않았다. 루비 엄마는 엄마라고 부르지 않아도 된다고 했지만 나는 부르고 싶었다. 엄마를 낳아 키운 게 아니에요? 하고 묻고 싶었지만 입이 떨어지질 않아서 그냥 왜요? 하고 뭉뚱그리게 되었다.

"내가 열아홉 살 때 우리 아빠랑 엄마가 재혼을 하셨거든."

루비 외할아버지, 그러니까 루비 엄마의 아빠 되시는 분은 사년 전에 교통사고로 돌아가셨다고 들었다.

"그러면 진짜 엄마는 아닌 거예요?"

내 말에 루비 엄마가 웃음을 터뜨렸다.

"진짜 엄마 맞아. 나를 낳은 건 아니지만, 우리 엄마는 진짜 내 엄마야."

덕지덕지 붙어 있는 몸살 기운을 비집고 루비 엄마의 단단한 말들이 내 마음속으로 들어왔다. 오롯이 자리를 잡은 그 말들은 수줍고 발랄한 춤을 추기 시작했다. 나는 가만히 내 안에서 펼쳐지는 춤사위를 느꼈다. 기분이 썩 괜찮았다.

제일 안쪽에 있는 빈소는 크기도 가장 작았다.

명두 삼촌의 말처럼 찾아오는 이가 별로 없어 휑뎅그렁했다. 액자 속 할머니는 실제로 보았을 때보다 더 천진한 모습이었다. 얼마 전까지 안녕한 모습을 보았던 터라 돌아가셨다는 사실이 잘 와닿지 않았다.

"네가 은서구나?"

처음 보는 여자가 나를 보며 알은체했다. 상주 휴게실에서 어떤 남자가 뒤따라 나왔다. 다시 보니 그 남자는 민구였다.

"우리 엄마야."

민구네 엄마는 처음 뵙는 거였는데, 엄마의 상을 치르는 분께 어떻게 인사를 하는 게 좋을지 고민하다 고개만 잠깐 숙였다가 들었다.

민구네 엄마는 민구보다 더 이상해 보였다. 특히 아이 메이크업이 엄청 짙었다. 화장이 조금 번져서 얼굴의 절반 정도가 눈처럼 보이기도 했다. 검은색 상복이 아닌 스팽글이 가득 박힌 다홍색 한복 차림에다가 화려한 머리꽂이가 올림머리 위에서 대롱거렸다.

"너 아팠어?"

민구가 나를 보지 않으며 물었다.

"응, 조금."

"왜?"

"몰라."

"모른다고?"

"몰라."

민구와 나는 이상한 대화를 주고받았다. 민구를 마주하니 혜주의 상처가 더 마음에 밟혔다. 젖은 휴지 뭉텅이가 내 마음에 꽉 들어찬 것 같았다.

민구네 엄마가 웃으며 물었다.

"민구가 좋아한다며?"

긍정도 부정도 하지 못한 채 얼떨떨하게 서 있는데 민구가 끼어들었다.

"우리 엄마 무당이야. 직업복 입은 거뿐이니까 무서워하지 않아도 돼."

민구의 말이었다.

"무서운 건 아니고 그냥 낯설어서 그래."

민구는 까만색 상복을 차려입었는데, 슬림한 디자인의 검정 넥타이까지 목에 두르니 꽤나 어른처럼 보였다.

"할머니한테 인사할래?"

나는 민구의 외할머니께 절을 두 번 올리고 하얀색 국화 한 송이도 건네드렸다. 향냄새를 맡으며 할머니가 잘 가셨으면 좋겠다고 생각했다. 몇 번 되지 않은 만남이었지만 할머니를 만나는 게 즐거웠다고 뒤늦은 속말도 전했다.

"우리 엄마 좋겠네. 손주 친구의 인사도 받으시고."

민구네 엄마의 말이었다. 명랑한 어조와 달리 코맹맹이 소리여서 밝은 얼굴 뒤에 가득 찬 울음을 느낄 수 있었다.

"와 줘서 고마워."

민구네 엄마가 내 팔목을 문지르며 말했다. 푹 젖은 손수건을 내내 쥐고 있었는지 꿉꿉한 손이었다.

뜨거운 육개장을 먹으니 으슬으슬했던 몸이 좀 풀리는 것 같왔다. 민구는 밥을 먹은 지 얼마 안 되었다며 그냥 내 앞에 앉아만 있었다. 언제나 그랬듯 이상한 민구는 나를 똑바로 바라보지 못하고 내 수저의 움직임만 골똘하게 쳐다봤다. 나는 그런 민구를 힐끔거리면서 밥을 먹었다.

"은서 왔구나."

명두 삼촌의 목소리가 들려 고개를 돌렸다.

"고마워. 천천히 많이 먹어."

삼촌은 나만 보이는 눈짓으로 민구가 나를 기다렸다는 의미를 전달했다. 밥을 다 먹은 나를 민구가 주차장 입구까지 바래다주었다. 거기까지 걷는 동안에도 민구는 아무 말도 하지 않았다.

루비 엄마가 조수석 문을 열어 주며 내가 타는 것을 지켜봤다. 나는 의자에 몸을 깊게 파묻었다. 사이드미러 안에서 멀어지는 민구의 모습이 보였다. 민구를 비추듯 장례식장의 전광판이 밝게 깜빡였다. 그 불빛처럼 민구네 할머니도 어딘가에 환하게 있을 것만 같았다. 속이 답답했는지 나도 모르게 한숨을 내쉬었다.

"은서야."

집으로 가는 길, 잠깐의 정적 후 루비 엄마가 나를 불렀다.

"네?"

핸들에 두 손을 얹은 루비 엄마가 앞만 바라보며 나지막하게 물었다.

"나는 잘 모르긴 하지만…… 혹시, 은서 마음이 힘들어서 몸도 힘든 거야?"

"……모르겠어요."

사실은 모르지 않았다. 혜주의 일과 내가 알지 못하는 임선영의 일로 나는 너무 괴로워서 누구에게든 털어놓고 싶었다. 건드리면 쏟아질 것 같았는데, 루비네 엄마가 나를 건드렸다.

"불편한 마음은 결국 몸도 편하지 않게 만들더라고."

"그랬던 적이 있어요?"

"당연하지. 여러 번 그랬어. 그러니까 은서도 모른다고만 하지 말고 잘 생각해 봐."

루비 엄마는 내가 대답을 할 때까지 묵묵하게 기다려 줬다.

"그러니까…… 제 선택이 잘한 일 같지가 않아요."

나는 학교에 가서 혜주의 검붉은 상처를 똑바로 볼 수 있을까? 행여나 혜주의 친구 관계에 틈이 생겼다고 하더라도 내가 들어갈 자리가 과연 있을까? 내 계획은 전제부터 틀렸다. 나는 그럴 용기조차 없었다. 게다가 임선영에게는, 어떤 일이 벌어졌는지조차 알 수 없다는 게 진짜 무서웠다.

"그 선택을 되돌릴 수 있는 방법은 없어?"

루비 엄마가 물었다.

"방법이…… 있을까요?"

"글쎄, 되돌릴 수 없다면 일단은 잘못된 선택의 결과에 대해 정리하고 넘어가는 게 우선이지 않을까?"

"그다음은요?"

"그다음은 그다음에 또 생각해 보자."

"……."

"엄마는 은서가 무슨 선택을 했는지 잘 모르지만, 그 선택으로 인해 누군가에게 미안한 마음이 든다면 먼저 정확하게 사과를 하는 게 좋을 것 같아. 그럼 은서도 덜 힘들 거야. 그리고 엄마는 은서가 힘들지 않았으면 좋겠어."

루비 엄마와 단둘이 이렇게 오래 있는 것도 처음이었지만, 루비 엄마가 내게 자신을 엄마라고 일컫는 것도 처음이었다. 나는 걸리적거리는 그 단어가 반가웠다.

오른쪽으로 고개를 돌렸다. 차창 너머를 보다가, 창에 비친 루비 엄마의 옆얼굴을 보다가, 사이드미러에 비친 내 얼굴을 보다가 했다. 이내 마음을 비우고 싶어 바깥 풍경만 하염없이 바라보는데, 사람들이 길게 늘어선 줄이 눈에 들어왔다. 조그만 수제버거가게의 출입구가 그 줄의 시작점이었다.

"저기 유명한 맛집인가 봐요."

나도 모르게 나온 말이었다.

"그러게. 진짜 맛있는 데인가 보네."

루비 엄마도 버거가게를 쳐다보며 말했다.

"우리도 언제 한번 먹어 볼까?"

"그럼 제가 찍어 놓을게요."

핸드폰을 열어 가게 간판을 찍어 두었다. 아빠와 루비까지 다 함께 저 긴 줄이 줄어들길 기다리는 상상을 했다. 줄을 서 있는 동안 루비가 잘 참아 줘야 할 텐데.

"그런데 우리 나중에 이렇게 또 어디 갈까?"

잠시 이어지던 정적을 깬 루비 엄마의 제안이었다.

"네?"

"우리 둘이서만 말야."

"어, 네, 좋아요."

나의 대답에 루비 엄마가 핸들을 두들기며 환성을 질렀다.

"좋아! 루비는 아빠한테 맡겨 놓고 우리 둘이 연극도 보고, 전시도 가고 그러자. 쇼핑도 하자. 저기 버거집도 가고 다른 맛있는 것도 먹자. 응?"

우리는 나와 루비 엄마, 이렇게 우리 둘만 말하는 거였다. 해맑게 즐거워하는 루비 엄마가 웃겼다.

"어머, 내 정신 좀 봐. 우리 장례식장 갔다 오는 길이었지. 내가 너무 방정을 떨었네."

머쓱해할 때도 동그랗게 휘는 버들눈썹이 참 예뻤다.

"그런데 저한테 왜 이렇게 잘해 줘요?"

내비게이션상 목적지인 집까지 남은 시간은 이제 삼 분 남짓이었다. 나는 기어이 물어보고 말았다.

"뭐 그런 질문이 다 있어? 엄마니까 잘해 주지."

문득 엘리베이터를 타기 전의 신승희와 신승희네 엄마 모습이 떠올랐다.

"그러면 이따가 도착하면 저 정신 차리게 좀 해 줄 수 있어요?"

"응? 내가 뭘 해 주면 되는데?"

"등짝 한 번만 때려 줘요."

"등짝?"

"네. 진짜 세게요."

"진짜 세게?"

"네, 지인짜 쎄게요."

루비 엄마는 되묻기만 할 뿐 가타부타 말이 없어서 나는 좀 외로워졌다.

주차가 끝나고, 내가 먼저 내린 다음 루비 엄마가 뒤따라 내렸다. 집으로 올라가는 엘리베이터 버튼을 누르려는데, 루비 엄마가 나를 불렀다.

"아, 잠깐만 은서야."

"왜요? 차에 뭐 두고 왔어요?"
"아니."
"그럼요?"
"고은서, 정신 차려!"

다리가 휘청할 정도의 등짝 스매싱이었다. 진짜로 아파서 눈물이 핑 돌았다. 나는 와락, 루비 엄마를 안아 버렸다. 루비 엄마가 나를 마주 안아 주었다. 내게는 없을 줄 알았던 불꽃이 마음속에서 타닥타닥, 기분 좋게 타는 소리를 냈다.

11 산뜻하지 않아서

 오후 다섯 시가 되자 나는 옷을 챙겨 입었다. 민구가 집으로 돌아오는 시간을 확인한 후였다.
 "은서 어디 가려고?"
 "민구한테 좀 갔다 오고 싶어서요."
 루비의 곁에서 빨래를 개키고 있는 루비 엄마에게 말했다.
 "민구? 며칠 전에 그 친구 할머니한테 다녀온 거지?"
 "네. 걔한테 확인할 게 있어서요."
 "그래, 잘 다녀와. 얼마나 걸려?"
 "두 시간 안에는 올 것 같아요. 올 때 커피 사 올까요?"
 "그럼 좋지. 저기 텀블러 챙겨 가. 사백 원 깎아 주니까."
 루비 엄마가 내 등짝을 때린 후로 내게도 진짜 엄마가 생긴 것 같은 기분이 들었다.

민구네 현관문 앞에 서서 민구에게 확인할 내용을 생각하며 심호흡을 했다. 떨리는 손가락으로 초인종을 누르자, 안에서 들어오라는 소리가 들렸다. 민구의 목소리였다.

"누군지 알고 그렇게 함부로 들어오라고 그러는 거야?"

나는 현관 안으로 들어서며 말했다. 민구네 외할머니가 떠나서인지 집 안이 휑하게 느껴졌다. 거실도 부엌도 썰렁한 기운이 감돌았다.

"오늘 오기로 한 건 고은서뿐이야. 고은서는 함부로 들어와도 돼."

민구가 나와 눈을 맞추며 말했다. 민구는 어딘가 달라져 있었다.

"유혜주 화분 어디 있어?"

나는 민구의 눈을 보며 물었다.

"어? 왜?"

민구는 좀 놀란 것 같았다. 그러면서도 나의 시선을 피하지 않았다.

"유혜주 다쳤잖아. 유혜주 화분 어디 있는데?"

담담하게 확인하려고 했는데, 눈물이 먼저 나왔다. 민구의 얼굴에 당혹감이 짙었지만 한번 터진 눈물은 멈춰지지가 않았다.

어느새 얼굴이 축축해졌다.

"어디 있냐고오……."

나는 더 이상 말을 잇지 못하고 민구 앞에 주저앉아 엉엉 울어 버렸다.

얼마나 울었을까. 민구가 준 휴지로 눈물을 닦고 코를 풀고 하다 보니 조금 피로해졌다.

"다 울었어?"

더러워진 휴지를 맨손으로 뭉쳐 쓰레기통에 넣으며 민구가 물었다.

"몰라."

"너는 왜 맨날 내가 뭐 물으면 모른다고 그러냐. 다 모르냐."

"응. 다 몰라."

퉁퉁거리며 대답한 뒤 쳐다보는데, 민구가 부엌으로 가더니 찬물을 벌컥벌컥 마셨다.

"무슨 물을 그렇게 마시냐?"

"억장이 무너지는 것 같아서."

민구의 얼굴빛이 어두웠다. 이제 막 상을 치른 민구였다. 명두 삼촌이 자주 오긴 했지만 민구는 할머니와 둘이 살았다. 단둘이 살던 집에 홀로 남으면 어떤 느낌일까.

"할머니 가셔서 많이 슬프지?"

민구가 물을 한 모금 더 마시더니 말했다.

"우리 할머니가 가신 건 진짜 슬프지만, 아프지 않게 가신 건 다행이라고 생각해. 아무튼 그것 때문은 아니야."

"그럼 뭐가 억장이 무너지는 일인데?"

"고은서가 우는 일."

민구는 그런 간지러운 말을 잘도 했다. 나는 괜히 코를 한 번 더 팽, 하고 풀었다.

"근데 유혜주 화분 어디 있어?"

완전히 정신을 차린 내가 물었다.

"없어."

"뭐?"

"그런 거 없다고."

이상했다. 혜주는 분명히 다쳤다. 그런데 화분이 없다니.

"왜? 없으면 안 돼?"

민구가 도리어 내게 물었다.

"혜주 다친 거 너도 알잖아. 피구하다가 넘어져서 보건실 갔다가 병원까지 갔다고. 여기서부터 여기까지 완전 피투성이였다고."

나는 내 손바닥부터 발목까지 가리키며 말했다.

"그래서?"

민구는 심드렁했다.

"무슨 반응이 그래?"

"내가 뭘?"

"강민구 네가 식물한테 빌었잖아."

"아닌데?"

이야기가 이상하게 흘러갔다.

"나 유혜주에 대해서 아무것도 안 빌었어."

"뭐래. 그때 내가 이름도 써서 줬잖아."

"아, 그거?"

민구가 나달나달한 네임 스티커를 갖고 오더니 내 손에 붙였다. 접착력이 거의 사라진 스티커는 손등에 겨우 얹혀 있다시피 했다. 유혜주와 임선영.

"화분은 없어?"

"없다니까."

"왜?"

"안 빌었으니까."

민구는 또 내가 말을 두 번 하게 만들었다.

"그러니까 왜 안 빌었냐고."

"산뜻하지 않았으니까."

"뭐?"

알쏭달쏭한 말이었다.

"그게 무슨 말인데. 알아들을 수 있게 말해 봐."

"그러니까……."

민구가 이 와중에 빨그스름해진 얼굴로 나를 바라보며 대답했다.

"부탁하는 고은서 네 얼굴이 산뜻하지 않아서, 빌지 않았어. 그럴 수 없었어."

"그럼 혜주가 다친 건 왜야?"

"나야 모르지."

민구의 이상한 힘 때문이 아니었다. 피구 시합에서 내가 공을 피했고, 우연히 내 뒤에 있던 혜주가 그 공에 맞고 넘어진 것뿐이다. 피구 시합에서는 공을 피하거나 공을 잡는 게 룰이다. 나는 그 규칙대로 움직였고, 혜주는 공을 잡지도 못했고 피하지도 못했다. 그러다가 넘어졌다. 그 뒤에 가려지거나 감춰진 또 다른 이유 같은 건 없었다.

"그러면 내가 그런 마음을 가지고 있어서 그렇게 된 거네."

내가 읊조렸다. 그런데 마음에도 힘이 있을까.

"체육 시간에 다친 거라면, 나도 여기 축구하다 다친 거야."

민구가 자신의 팔꿈치를 들어 보였다. 까만 딱지가 동그랗게 앉은 상처가 보였다.

"난 내가 너한테 부탁해서 혜주가 그렇게 된 줄 알았어."

"그래서 너도 아팠어?"

민구가 물었다.

"그랬나 봐."

"네 탓이 아니야."

민구의 말을 이해하지 못한 건 아니었지만, 내 마음은 가벼워지지 않았다.

"그래도 미안한 것 같아."

"뭐가 미안한데?"

"내가 그런 마음을 가졌다는 것, 그거부터가 미안해."

"그럼 걔한테 가서 사과라도 하든가."

부루퉁한 민구의 말이었다. 나는 집 안의 식물들을 둘러보다가 궁금한 걸 물었다.

"나중에 너도 너희 엄마나 할머니처럼 무당의 길을 걷는 거야?"

"아닐걸."

"왜?"

"그동안은 할머니랑 살며, 할머니의 능력을 조금 나눠 쓴 거뿐이야. 이제 할머니 가셨으니 그럴 일 없어."

민구가 후련하다는 투로 말했다.

"그러면 너는 이제 어떻게 되는 건데?"

"그냥 평범하게 사는 거지, 뭐."

"명두 삼촌처럼?"

내 말에 민구가 픽, 웃었다.

"고은서 네 눈에는 명두 삼촌이 평범하게 사는 것처럼 보여?"

"어, 좀 특이하긴 하지만 그런 편인데?"

"고은서 너는 정말…… 이러니 내가 너를 어떻게 안 좋아하고 배기겠냐."

민구는 명두 삼촌의 취미가 메이크업인데, 메이크업에 어울리는 의상을 찾다 보니 가끔 여자 패션 소품을 하고 다닌다고 설명했다. 여자 옷을 입은 것을 직접 본 적은 없지만 입고 다닐 것 같다고도 덧붙였다.

나는 내가 안 물어봤고, 안 궁금한 것을 자세하게 설명하는 민구가 의아했다.

"그런 걸 나한테 왜 말해?"

"그냥 너한테는 말해도 될 것 같아서."

이참에 나도 궁금한 걸 물어보기로 했다.

"근데 너는 왜 사람 눈을 잘 안 쳐다봐?"

"그게 궁금해?"

"응."

"왜 궁금해?"

"그냥 이상하잖아."

"난 아주 어렸을 때부터 부러운 사람들이 너무 많았어. 하다못해, 엄마가 무당이 아닌 애도 부러웠어. 그런 애랑 눈이 마주치면 어느 순간부터 내가 그 애한테 안 좋은 일이 생기길 바라고 있더라고. 모든 애들에게는 내가 부러워할 만한 점들이 하나씩은 있었고, 각각의 애들을 볼 때마다 각각의 불행을 바라고 있는 내가 문득 악마가 아닌가 하는 생각이 들기도 했어."

"그래서 눈을 안 쳐다봤던 거라고?"

"응. 그랬던 것 같아."

"근데 너 지금은 내 눈을 바라보잖아."

"응. 나는 네가 제일 부러워. 은서 너의 생김새도 그렇고 너의 생각이나 말하는 방식 같은 것도 다 부러워."

왜 민구가 나를 부러워하는지 모르겠다. 내게는 자랑할 만한 구석이 하나도 없고, 나를 낳은 엄마는 내가 없는 것처럼 지내겠다고까지 말했는데.

민구가 머리를 긁적이더니 이어 말했다.

"근데 그건 부러운 게 아니더라. 좋아하는 거더라."

민구는 내 눈을 피하지 않고 또 고백했다.

"그리고 나는 너에게만은 안 좋은 일이 생기길 바라지 않아. 나는 네가 잘되어서 세상 사람 모두가 너의 팬이 된다고 해도 부럽기보다는 그저 기쁠 것 같아."

민구가 숨을 크게 들이마셨다가 내쉬더니 마저 말했다.

"그러니까, 은서 너를 알게 된 후 나에게는 내가 좋은 사람이 아니지 않을 수도 있다는 희망이 생긴 거야."

민구와 눈이 오래 마주치니 마음이 이상해져서 나도 모르게 시선을 돌리게 되었다.

민구가 한 말이 무슨 뜻인지 낱낱이 파악하기는 어려웠지만, 결국은 내가 좋다는 말이었다.

"난 잘 모르겠어."

"그래, 너는 나 말고 다른 아이를 좋아할 수도 있지."

다른 아이를 좋아한다고 대답하고 싶지는 않아서 나는 괜히 딴청을 부렸다. 내 대답을 기다리던 민구가 말을 돌렸다.

"이따가 삼촌 올 건데 같이 밥 먹고 갈래?"

"아니."

오늘은 왠지 가족들과 저녁을 먹고 싶었다.

"야, 고은서."

"아, 깜짝이야! 혜주야?"

집으로 가는 길에 혜주를 마주쳤다. 전에는 혜주가 아닌 아이를 혜주로 착각하고 뛰는 가슴을 주체하기 어려울 때가 많았는데, 이렇게 혜주를 눈앞에 두고도 못 알아보다니.

산뜻하지않아서

"뭘 그렇게 놀라. 그런데 너희 집 이 근처야?"

혜주가 웃으며 말했다.

"으응."

이상했다. 숱하게 상상해 온 혜주와의 우연한 만남이 현실로 다가왔는데도 별다른 감흥이 들지 않았다. 그건 그렇고 나는 혜주한테 할 말이 있었기 때문에 타이밍이 잘 맞아떨어진 것 같았다. 하지만 입이 쉽게 떼지지 않았다.

"있잖아, 나 너한테 할 말 있는데······."

"뭔데? 나 지금 연우 만나러 가는 길이라 바쁜데."

말과는 달리 혜주는 외려 느긋해 보였다.

"몇 시 약속인데?"

"여섯 시."

지금은 여섯 시 팔 분이었다.

"이미 여섯 시 지났는데······."

"할 말이 뭔데?"

"아니야, 그냥 다음에 말할게. 얼른 가 봐. 늦은 것 같은데."

아무래도 빨리 가야 할 혜주를 세워 두고 할 말은 아닌 것 같았다.

"그래, 그럼. 아 맞다!"

손을 흔들며 가려던 혜주가 갑자기 화제를 바꾸어 대화를 이었다.

"고은서, 근데 나 아까 진짜 이상한 사람 봤다?"

"이상한 사람?"

"멀쩡한 남자가 스카프 달린 여자 가방을 들고 걷는데, 자세히 보니까 입술도 칠하고 속눈썹도 이렇게 붙인 거 있지?"

혜주가 두 손을 자신의 눈 옆에 붙이더니 열 손가락을 흔들었다. 그러고는 토악질하는 시늉을 했다.

"명두 삼촌인가."

나는 조그맣게 말했다. 스카프가 달린 가방이라면 전에 오토바이를 피하며 공사장 근처에서 떨어뜨렸던 그 가방 같았다.

"그 사람 머리 길이가 이 정도 아니었어?"

나는 손을 어깨 근처에 갖다 대며 말했다.

"어? 맞아! 설마 아는 사람이야?"

"응. 명두 삼촌 같아."

"삼촌? 좀 이상한 사람이던데."

"너 명두 삼촌이랑 이야기해 봤어?"

"아니? 내가 왜?"

"말도 안 나눠 봤으면서 이상한 사람인지 아닌지 네가 어떻게 알아?"

조금 따지는 말투가 되어 버렸다.

"그냥 하고 다니는 게 좀 이상하잖아."

"삼촌 눈이 커서, 속눈썹 붙이면 진짜 낙타 눈처럼 예뻐."

혜주가 나를 이상하다는 듯이 바라봤다. 나는 내가 혜주를 좋아하지 않을지도 모른다는 생각이 들었다. 이미 내 마음의 방에서 혜주가 나가고 민구가 들어온 건 아닐까.

"맞다, 고은서 너 그때 화장품은 잘 샀어?"

혜주가 기억 났다는 듯 물었다.

"응."

"어떤 거 샀어?"

나는 메고 있던 슬링백을 열어 팩트를 꺼내 보여 줬다.

"이거 커버 잘돼?"

"너 지금 연우가 기다리고 있지 않아?"

"응. 이제 갈 거야."

"근데 혜주야, 너는 나한테 왜 미안하다고 안 해?"

기다리는 사람은 안중에도 없는 혜주를 보며 불쑥 튀어나온 말이었다.

"뭐?"

"그때 화장품 사러 같이 가기로 약속하고, 네가 일방적으로 약속 깼잖아. 그럼 나한테 미안해해야 하는 거 아니야?"

혜주의 눈이 점점 커지더니 억울한 목소리로 말했다.

"근데 그때는 나도 어쩔 수 없는 일이 생긴 거였잖아."

무대 인사가 포함된 영화표가 생긴 게, 어쩔 수 없는 일이었다는 게 나는 이해가 되지 않았다. 그러나 어떤 일은 이해하려고 노력하지 않고 그저 그렇구나, 하고 넘어가는 요령도 필요하다는 걸 나는 알고 있었다. 중요하지 않은 일일수록 그랬다. 혜주의 일은 더 이상 내게 중요하지 않았다.

그래도 빠른 시일 내에 혜주에게 사과는 해야지. 나는 이렇게 다짐하면서도 이 다짐이 누구를 위한 것인지 좀 헷갈렸다.

⑫ 바나나우유와 육각정

  일요일에 맞춰 목욕탕에 다녀오기로 했다. 내가 목욕탕을 좋아하는 이유는, 물기를 잔뜩 머금은 공기 때문이다. 목욕탕의 후덥지근한 공기가 몸 구석구석을 데워 주는 느낌이 좋다. 목욕이 끝난 후 만끽하는 상큼한 바깥바람도 좋다. 기후가 다른 두 장소를 넘나드는 것 같은 목욕 나들이는 여러모로 지금 내게 딱 필요한 시간이다.

  몸이 변하고 있긴 하지만 크게 부끄럽지는 않다. 어차피 사람들은 남에게 별로 관심이 없다. 행여나 누가 나를 힐끗거리면 내가 더 고집스럽게 그 사람을 훑어보면 그만이었다. 물에 몸을 담갔다가 세신을 받고 바나나우유까지 사 먹고 오는 게 코스다. 엄마와 아빠가 이혼한 후로 나는 늘 혼자 목욕탕에 다녔기 때문에 목욕탕에 간다고 하면 아빠는 항상 미안한 얼굴로 돈을 넉넉히 줬다.

"저, 전신 받으려고요."

세신 이모들이 모여 있는 방에 가서 말을 걸었다.

"아이고, 우리 딸내미 오랜만이네?"

"그사이 엄청 컸네?"

마지막으로 온 게 한 달 전쯤 같은데, 이모들이 반갑게 나를 알아봐 주었다.

"한결이라고 그랬지? 이모 어때? 기억력 좋지?"

망사 자수 속옷을 입은 넉살 좋은 이모가 베드에 누워 있는 내게 적당히 따뜻한 물을 끼얹으며 물었다.

"네."

나는 어색하게 웃으며 대답했다. 지난번 왔을 때 이모가 뜬금없이 내 이름을 물었고, 나는 루비의 이름을 말해 버렸다. 아빠와 루비 엄마가 쩔쩔매면서 루비를 목욕시키는 모습이 부러웠던 것 같다. 루비만큼 어렸을 때 나도 저런 손길을 받은 적이 있었을까. 있었는데 내가 다 까먹어 버린 걸까. 루비의 귀에 물이 들어갈까 봐 전전긍긍하는 아빠와 루비 엄마를 보며, 루비의 귀에 정말로 물이 들어가도 나쁘지 않을 것 같다고 생각했다. ……이래서야 부러운 사람한테 안 좋은 일이 생기기를 바랐다는 강민

바나나우유와 육각정 133

구랑 똑같잖아?

"한결이 이 정도 괜찮니?"

이모가 때수건을 문지르며 물었다.

"네, 괜찮아요."

나는 이모가 한결이라는 이름을 금방 잊을 거라 생각했지만 이모는 본인의 말처럼 기억력이 좋았다. 고한결이 되어 발가벗고 누워 있으니 기분이 이상했다. 자세를 바꿔야 할 때마다 이모는 내 몸에 물을 끼얹었다.

"흐앗!"

나도 모르게 소리를 질렀다. 바가지에 들어 있던 물이 얼굴까지 와 닿고 말아서다.

"아이고, 이마까지 홀딱 덮어썼네."

이모가 웃으면서 말했다. 나는 조금 언짢은 기분으로 몸을 돌려 엎드렸다.

"바나나우유 하나 주세요."

목욕을 끝내고 머리까지 다 말린 다음, 내 몸을 밀어 준 이모한테 돈을 건넸다. 분명 우유 하나 값을 드렸는데 돌아온 건 우유 두 개였다.

"저 하나만 샀는데요?"

"두 개 먹어."

"왜요?"

"아까 딸내미 얼굴까지 물을 뿌려 버려서 미안해서 주는 거야."

우유를 양쪽 손에 하나씩 쥐자 기분이 풀렸다.

"근데 이모, 제 이름 한결이 아니에요. 은서예요."

"은성이?"

"아니요. 은서요. 고은서."

"은서든 한결이든 딸내미는 그냥 딸내미지."

딸도 아닌데 이모는 왜 자꾸 나를 딸내미라고 하는지 모르겠다.

"고맙습니다."

아무튼 나는 바나나우유 두 개를 들고 이모께 인사를 했다. 그러고 보니, 나도 이모가 아닌 사람한테 줄곧 이모라고 하고 있었다는 게 웃겼다.

"또 와, 은서야."

여탕을 나서는 나를 보며 마스크팩을 붙인 이모가 팔을 흔들었다. 나는 고개를 주억거리며 이모에게 알겠다는 뜻을 전했다.

"나 할 말이 있는데 시간 괜찮으면 잠깐 만날래?"

목욕탕에 다녀온 나는, 전에 없던 용기가 몸 안에 똬리를 튼 것 같았고 그 힘을 빌려 혜주를 부를 수 있었다. 혜주를 부르는 데 용기가 필요했던 이유는 혜주에게 잠깐 만나자고 편하게 말할 만큼 친한 사이가 아니었기 때문이다. 그것 말고 다른 이유는 이제 없었다.

집을 나서기 전에 목욕탕에서 받은 바나나우유를 까서 조금 마셨다.

"오늘 목욕탕에서 안 먹었어?"

루비 엄마가 나를 보며 물었다.

"먹었어요. 하나 남아서요."

"두 개를 산 거야?"

"하나만 샀는데 하나를 더 받았어요. 서비스래요."

서비스란 말은 없었지만 그냥 그렇게 둘러댔다.

"드실래요?"

"어? 그래도 돼?"

"근데 이거 제가 먹던 건데."

빨대를 쓰지 않고 그냥 입을 대고 마시던 중이었다.

"괜찮아."

손을 내미는 루비 엄마에게 먹던 바나나우유를 건네자, 루비 엄마가 꿀떡꿀떡 우유를 마셨다.

"이거 진짜 오랜만에 먹어 본다! 간만에 먹으니까 더 맛있네. 어? 근데 내가 너무 많이 먹었나? 은서 좀 더 마실래?"

나는 우유를 더 먹지 않아도 그만이었지만, 어쩐지 나눠 먹는 기분을 느끼고 싶어서 고개를 끄덕였다. 나와 루비 엄마는 남은 우유를 반 모금씩 나눠 마셨다. 입가에 묻은 우유를 휴지로 닦아 내며 루비 엄마를 따라 웃었다.

혜주가 사는 아파트 단지 안의 정자에서 혜주를 기다렸다. 혜주가 늦을 줄 알고 오 분 정도 늦게 나갔는데 혜주는 십 분 가량 늦었다. 혜주는 오자마자 정자 바닥에 누워 버렸다.

"너도 누워 봐."

나도 혜주 옆에 누웠다. 가방도 벗어서 머리맡에 올려 두었다. 습관처럼 아무 가방이나 들고 나온다는 게 학원 가방이었다.

"사람들이 이거 팔각정이라고 부르는데, 팔각정 아니다?"

"그래?"

나는 누워서 정자 지붕의 각을 세어 보았다. 여섯 개였다.

"육각정이네."

"웃기지."

"웃긴다."

내가 혜주와 둘이서 이런 이야기를 나누고 있다니. 내내 그려 왔던 장면이지만, 지금의 나는 팔각정이라고 불리는 육각정에 대해 민구에게 말해 주고 싶다는 생각이 들었다.

"근데 무슨 할 말?"

"그게 말이지…… 너 다친 데는 괜찮아?"

"응. 나아지고 있어."

핼긋 바라보니 반바지 아래로 보이는 혜주의 상처는 정말 많이 나은 상태였다.

"다행이네."

미안하다는 말을 하려고 혜주를 불렀지만 그 말이 잘 나오질 않았다.

"아무래도 내가 공을 피해 가지고 그런 것 같아."

고작 내가 한 말이었다.

"공을 피하는 게 당연하지 그럼 맞고 있냐? 나 혼자 넘어진 건데 왜 네 탓을 해?"

"그래도 그냥……."

혜주가 입술 끝을 실그러뜨리며 말했다.

"너 가끔 이상해."

솔직히 진짜 모르겠다. 혜주가 다치길 바란 적이 있긴 하지만, 나 때문에 혜주가 다친 건 아니다. 나는 진짜 혜주에게 미안한 걸까. 그저 내 마음이 편해지기 위해, 그러니까 죄책감을 지우기 위해 하는 말뿐인 건 아닐까. 하지만 또 그렇게 훌쩍 넘어가기에는 혜주에게 아예 안 미안한 것도 아니었다.

"근데 이거 학원 문제집 아냐?"

혜주가 내 가방에서 삐죽 튀어나온 책 모서리를 보며 물었다.

"아 씨, 맞다!"

대답을 하려는데 혜주가 벌떡 몸을 일으키며 소리쳤다. 덩달아 나도 몸을 일으켰다.

"나 학원 숙제 안 했는데. 망했다!"

"내가 도와줄까?"

왜 불쑥 이런 말이 나왔는지 모르겠다. 아무래도 나는 미안하다는 말 대신 다른 표현, 예를 들면 숙제 도와주기 같은 게 차라리 편했나 보다.

"진짜? 보여 줄 수 있어?"

"응."

나는 가방의 지퍼를 열며 대답했다.

"그러면 나 숙제 페이지들만 사진 찍어 가도 돼?"

"잠깐만."

나는 숙제 페이지를 펼쳤다. 혜주가 핸드폰 카메라를 준비했다.

"너는 내 은인이야, 고은서. 고마워 진짜."

혜주가 내 성과 이름을 붙여 온전하게 나를 불러 주어도, 은인이라며 나를 각별한 존재인 것처럼 띄워 주어도 나는 별로 기분이 달라지지가 않았다.

"근데 내 답이 틀리면 어떻게 해?"

내 물음에 혜주가 피식, 웃으며 대답했다.

"답이 틀리고 맞고가 중요한 게 아냐. 문제를 풀어서 갖고 가는 게 중요한 거지."

"근데 너는 문제를 푸는 게 아니라, 내 답을 베껴서 가져가는 거잖아."

혜주는 중요한 걸 놓치고 있었지만, 그건 오직 혜주만 풀 수 있는 숙제인지도 몰랐다.

찰칵, 찰칵, 혜주의 핸드폰에서 카메라 효과음이 날 때마다 나는 혜주가 사진을 더 잘 찍을 수 있게 문제집의 모서리를 잡아 주었다. 그리고 속으로 미안하다고 말했다. 마음에 힘이 있다는 걸 알게 되었으니, 혜주에게 내 마음이 전해졌을 거라고 믿고 싶다.

혜주와 헤어지고 집에 바로 가기가 좀 아쉬워서 민구를 불렀다. 놀이터에서 만나기로 했다. 민구가 젖은 머리를 흔들며 저 멀리서 달려왔다.

"왜 뛰어와?"

"너 기다릴까 봐."

민구가 헉헉거리며 대답했다.

"머리 감았어?"

"응."

"왜?"

"너 만나니까."

"좀 말리고 오지 그랬어."

"너 기다릴까 봐."

같은 답이 반복되자 웃음이 나왔고 내가 웃자 민구도 따라 웃었다. 우리는 스프링 말 위에 나란히 앉았다. 몸이 자꾸 흔들렸다.

"나 사실은 강민구 네가 좀 이상하다고 생각했던 때가 있었어."

"언제?"

"내가 같은 말을 두 번 하게 만들 때, 진짜 이상한 애라고 생각했어."

"전에는 내가 사람 눈을 잘 못 쳐다봤잖아. 눈을 안 보고 대화하다 보니까 말 속에 담긴 맥락 같은 걸 파악하는 게 좀 어려웠던 것 같아."

이런 내용을 어디선가 읽은 적 있다. 소통을 하는 데 있어 눈빛이나 몸짓과 같은 비언어적 요소가 생각보다 중요하다는.

"나 너한테 궁금한 게 있는데."

민구가 말했다.

"뭔데?"

"유혜주가 너한테 만화카페 가자고 하는 것 같던데, 왜 안 간다고 했어?"

얼마 전에 혜주가 내게 만화카페에 또 가자고 한 적이 있었다.

할인 이벤트가 다시 시작되었기 때문이었다. 혜주랑 친한 애들 사이에 껴서 거듭 보릿자루 신세가 되고 싶지는 않았기에 거절했다. 그러자 혜주는 반 애들 모두에게 물어보고 다녔다. 나는 혜주에게 그 정도였다. 다른 아이로 언제든 대체될 수 있는 아이.

혜주가 명두 삼촌에 대해 이상하다고 말한 이후로 더 이상 혜주에게 관심이 가지 않았다.

"그냥 별로 안 가고 싶어서 안 갔지."

"만화카페 안 좋아해?"

나는 만화카페를 엄청 좋아했다. 루비가 얼른 커서 글자를 읽을 줄 알게 되고, 공공장소에서도 스스로 예절을 지킬 수 있게 되면 루비를 데리고 가고 싶을 정도로 말이다.

"안 좋아하는 건 아니야."

"그럼 언제 나랑 갈래?"

말에서 내린 민구가 나를 똑바로 쳐다보며 물었다.

"어, 언제?"

"너 시간 될 때 아무 때나."

"보드게임 하게?"

나는 지난번 기억이 떠올라 그렇게 물었다.

"보드게임? 그것도 좋지. 근데 그냥 너랑 같이 가고 싶어서."

민구랑 나누는 대화가 특별해지고 있었다.

일곱 살쯤 되어 보이는 남자아이를 따라 놀이터에 들어온 몰티즈 한 마리가 민구를 흘끔거렸다. 민구가 멋있어서 쳐다보는 건가. 요즘 민구는 멋있어지는 중이었다. 어쩌면 내 눈에만 보이는 마음의 문제일지도 모르지만.

"저기, 우리 언제 영화도 보러 가자."

민구가 말했다.

"갑자기 영화는 왜?"

"데이트하고 싶어서. 내가 좋아하는 사람이랑."

민구는 내가 좋다고 또 말했다. 나는 민구를 좋아하지 않는다고 대답하지 않았다.

"시간이 좀 필요할 것 같아."

민구는 내가 자신을 좋아한다고 답한 것처럼 무척 달가워했다. 집으로 돌아가려는데 미끄럼틀 앞에서 신승희와 마주쳤다.

"아, 안녕."

신승희도 아, 안녕, 하고 말했다. 신승희 옆에는 신승희와 머리 색깔이 똑같은 남자아이가 있었다. 아이의 품에는 아까 민구를 바라보던 몰티즈가 안겨 있었다.

"동생이야?"

루비가 생각나서였을까. 나는 평소 같지 않게 먼저 말을 걸었다.

"응. 내 동생이야. 야, 신승범, 너 인사 안 하냐?"

신승희의 말에 신승희네 동생이 손바닥을 옆구리까지만 올렸다가 내리며 말했다.

"얘는 내 동생 구름이야. 야, 신구름, 너 인사 안 하냐?"

누나의 말을 똑같이 따라 하는 신승희 동생의 말에 우리는 다 같이 웃었다. 구름이가 어리둥절한 눈으로 고개를 개웃거렸다.

"털이 하얀색이어서 이름이 구름이야?"

"맞아."

신승희가 임시보호에서 입양까지 구름이의 지난 시간을 자세하게 말해 줬다. 쪼그만 겁꾸러기 시절부터 천방지축인 지금까지. 중간중간 신승희네 동생이 맞장구를 칠 때마다 자신의 이야기라는 걸 다 알고 있다는 듯, 구름이가 분홍색 혀를 날름거렸다.

"만져 봐도 돼?"

구름이의 털은 정말 구름 같았다. 만지는 건 무섭다던 민구도 나를 따라 털끝을 슬쩍 만져 보더니 이렇게 부드러운 털은 처음이라면서 밝게 웃었다. 우리는 신승희 남매와 다음에 보자며, 손을 흔들었다.

놀이터에서 완전히 빠져나오고 나서야, 대화 중 신승희가 한 번도 딸꾹질을 하지 않았다는 것이 생각났다.

13 적당한 거리

 명두 삼촌과 둘이 살게 되면서 민구는 삼촌이 사는 빌라로 들어가게 되었다. 민구네 할머니는 생전에 거느린 기운이 많아 부득이하게 큰 집에 거해야 했지만, 이제는 할머니도 가신 마당에 그럴 이유가 없다고 그랬다. 할머니와 살던 아파트보다 명두 삼촌의 빌라가 우리 집이랑 오 분 정도 더 가까워서 내심 좋았다.
 민구의 짐을 옮기기 나흘 전에 화분들이 먼저 이사를 했다. 민구가 화분을 하나씩 날랐다.
 "할머니가 없으니까 다 시들시들해."
 민구네 엄마가 끌고 갈 작은 승합차 안에 화분이 빼곡히 실렸다. 민구네 엄마는 차 문 옆에 서서 각각의 위치를 지정해 주었다.

"무슨 순서예요?"

"기운이 센 것들을 가장자리에 두는 거야."

"지금 거의 죽어 가는 것 같은데, 아줌마는 살릴 수 있어요?"

"사는 애들은 살고, 죽는 애들은 죽는 거지."

화려한 한복을 입은 민구네 엄마는 시종 시니컬한 어투였지만 다정다감한 성격이 얼굴에 다 드러났다. 행인들이 눈에 띄는 차림의 민구 엄마를 한 번씩 훑어 보며 지나갔지만 민구네 엄마는 사람들의 시선을 신경 쓰지 않았다.

"민구랑은 같이 안 살고 싶으세요?"

민구가 다음 화분을 가지러 집에 올라간 사이에 물었다.

"같이 살고 싶지. 그래도 사정이라는 게 있으니까, 어쩔 수 없을 때도 있는 거야."

"사정이요?"

"나는 민구 엄마보다 경화보살로 살아야 하는 인생이야. 그러지 않으면 나도 힘들고, 우리 민구한테도 안 좋아."

경화보살은 민구네 엄마가 무당으로서 가지고 있는 이름이었다.

"속상하지는 않으세요?"

"마음이 이어져 있는데 뭣이 속이 상해."

"이어져 있다고요?"

"마음에는 기운이 있어. 그래서 떨어져 있어도 이어질 수가 있는 거야."

민구네 엄마가 하는 말의 의미를 모를 것 같기도 했고 알 것 같기도 했다. 마음의 힘이라면, 혜주의 일로 나도 경험치가 있으니까.

"내가 화분을 가져가는 게 그렇게 좋아?"

민구네 엄마가 민구에게 물었다. 마지막 화분이라며 들고 오는 민구의 표정이 밝았다. 무게가 나가는 화분을 품에 안은 민구의 팔근육이 울룩불룩했다.

"홀가분하지. 나한테는 버거웠으니까."

승합차의 트렁크 문을 닫으며 민구가 이어 말했다.

"나한테는 그런 능력이 안 어울려."

민구는 원래부터도 식물 기르기에 재미를 못 느꼈다고 그랬다. 잘 못 키우면 어떻게 하지, 하는 걱정만 앞섰단다.

"다 실었지?"

민구네 엄마의 말에 민구가 그렇다고 대답했다.

"그럼 또 보자, 은서야."

민구네 엄마가 내게 악수를 청했다. 꼭 쥔 손의 온도가 훈훈했다. 민구를 향해서는 두 팔을 벌렸다. 민구와 민구네 엄마가 서로를 안았다. 보는 것만으로도 따스함이 전해지는 진한 포옹이었다.

"이제 나는 갈게."

민구네 엄마가 시동을 걸며 말했다. 연식이 오래된 차여서 그런지 시동이 제대로 걸릴 때까지 시간이 좀 걸렸다. 룸미러에 걸린 스트랩 키링이 낯익었다. 민구의 책가방에 걸린 것과 같은 키링이었다.

"그럼 또 언제 와?"

민구가 물었다.

"올 때 되면 오겠지. 다들 잘들 지내. 무슨 일 있으면 바로 최명두 호출하고."

민구네 엄마가 안전벨트를 끼우며 말했다.

"응. 엄마도 조심해서 가."

"안녕히 가세요."

"그래. 다들 밥 많이 챙겨 먹어라. 공부는 적당히만 하고."

민구네 엄마의 말이 웃겨서 이별이 슬프지 않았다. 덜컹덜컹 나아가는 승합차의 꽁무니가 보이지 않을 때까지 바라보다가, 민구에게 물었다.

"너는 어때?"

"뭐가?"

"엄마랑 같이 살고 싶지 않아?"

"어떤 가족 관계는 거리두기도 필요한 것 같아. 엄마랑 나는 멀리 떨어져 있지만, 그래도 마음은 멀지 않다고 생각해."

불쑥불쑥 어른처럼 말하는 민구는, 민구네 엄마와 비슷한 부분이 있었다. 어떠한 생각에 잠길 때 민구는 힘을 주어 입을 다물곤 했는데, 그럴 때마다 입 주변에 생기는 촘촘한 주름들이 내 입술을 간지럽혔다. 나는 간지러움을 감추기 위해 입술을 안으로 말아 숨겼다.

이사를 마쳤다는 민구가 집으로 나를 불렀다.

"본격적인 집들이는 삼촌이랑 다시 날짜를 잡을게. 오늘은 삼촌이 너한테 주라고 한 게 있어서."

민구의 새로운 집은 사 층짜리 빌라의 꼭대기 층으로 방이 두 개였다. 큰방이 작은방보다 두 배 정도나 더 넓은 구조였다. 나이가 많은 명두 삼촌이 당연히 큰방을 쓸 거라 생각했는데, 아니었다.

"삼촌은 방 크기보다 해가 들어오는 크기가 더 중요하대."

작은방의 창문이 훨씬 더 널찍하긴 했다.

"너는 뭐가 중요한데?"

내가 물었다.

"나는 뭐, 삼촌이 쓰라는 방을 써야지. 근데 창문보다는 방 자체가 넓은 게 더 좋은 것 같아."

"근데 삼촌은?"

내게 줄 것이 있다던 삼촌은 갑작스러운 야근 중이라고 했다.

"삼촌도 없는데 이렇게 삼촌 방에 허락도 없이 들어가도 돼?"

"삼촌이 들어가서 고르라고 했어."

작은방에는 똑같은 책상이 두 개 있었는데 하나는 데스크톱이 놓여 있었고 다른 하나는 화장대 같았다. 화장대용 책상 위에 커다란 타원형 거울과 각종 화장품들이 늘비했다.

"이 중에서 네가 직접 고르래. 네 생일선물."

민구가 가리킨 종이 상자 안에는 비싼 브랜드의 블러셔들이 컬러별로 분류되어 있었다. 전부 새 제품이었다.

"마음에 드는 게 여러 개면 여러 개 가져도 된대."

명두 삼촌이 새로 시작한 화장품 관련 블로그는 이웃과 방문자 수가 무척 많을뿐더러 화장품 협찬도 쏠쏠하게 받는다고 했다.

"난 이거."

고심 끝에 겨우 하나를 골랐다. 미세한 보랏빛이 감도는 핑크 컬러였다.

"어때? 괜찮은 것 같아?"

민구에게 묻자 잘 어울릴 것 같다고 대답했다. 명두 삼촌의 책상 위에 포스트잇이 있기에 고맙다는 메모를 간단히 남겼다. 삼촌을 직접 만나면 다시 한번 고맙다는 인사를 전해야겠다고 생각했다. 민구에게 삼촌의 생일을 물었는데, 바로 다음 달이었다. 민구와 함께 명두 삼촌의 생일을 서프라이즈로 축하해 주면 삼촌이 되게 좋아할 것 같았다.

"근데 나 이런 조명 처음 봐."

방 한구석에 방송국이나 사진관에서나 쓸 것 같은 조명 기구가 하나 있었다. 천장까지 높이가 닿는 조명은 우산 꼴로 생긴 모양이었다.

"삼촌이 언젠가는 유튜브를 하고 싶다면서 큰마음 먹고 질렀어."

"유튜브? 그럼 얼굴 공개야?"

"얼굴이 나오게도 할 수 있고, 안 나오게도 할 수 있어서 어떻게 할지 생각 중이래."

명두 삼촌이 내게서 얼굴을 가렸던 비 오는 날이 떠올랐다. 그때에는 곧장 얼굴을 감췄지만 이제는 얼굴을 나오게 할지 안 나오게 할지 고민 중이라는 게 달랐다.

"삼촌 얼굴을 노출하는 게 좋을까?"

민구가 물었다.

"그걸 왜 나한테 물어?"

"그니까. 나도 그랬어."

명두 삼촌은 민구에게 어떻게 하면 좋겠냐고 물었다고 했다. 그래서 민구도 나와 똑같이 그걸 왜 자기에게 묻느냐고 되물었단다.

"근데 왜 나한테 같은 걸 물었어?"

"그냥. 비슷한 대답을 할 것 같아서 한번 확인해 보고 싶었어."

민구와 내가 마주 보고 웃었다. 많고 많은 생각의 후보 중 비슷하게 생긴 생각을 가지고 있다는 게, 특히 민구와 그렇다는 게 찌릿했다.

"집에 데려다줄게."

"그래, 그럼."

괜찮다고 해 봤자 마트에서 살 게 있다는 둥 반찬가게에 들를 일이 있다는 둥 무슨 핑계로든 따라나설 민구였기에 그러라고 했다.

"정말 뭐 갖고 싶은 거 없어?"

민구는 내 생일 이 주 전부터 나를 만날 때마다 물었는데 오늘도였다. 나는 정말 갖고 싶은 게 없어서 역시나 없다고 말했다.

"어?"

민구가 길 건너를 보며 말했다.

"진짜 빨리 큰다."

이재욱이 지나가고 있었다. 이재욱은 그간 잘 자지 못했던 시간을 벌충이라도 하는 듯 수업 시간이든 쉬는 시간이든 틈만 나면 곯아떨어졌다. 잠자는 동안 몸 안에서 무슨 일이 일어나는지 키가 무척 커졌다.

"걸음도 엄청 빨라."

큰 키 때문에 보폭도 넓어진 건지 이재욱은 시야에서 성큼성큼 사라져 버렸다.

"그러면…… 뭐 필요한 것도 없고?"

민구가 또 생일선물에 대해 물었다.

"없다니까."

"알겠어. 내일 만나."

"그래. 잘 가."

생각이 많아 보이는 민구와 함께 걷는 시간이 아쉬울 정도로 짧게 느껴졌다.

14 고은서가 적은 이름

내 생일이라고 루비 외할머니까지 오셨다.
"내가 뭘 해 왔나 볼려?"
루비 외할머니는 커다란 냄비를 보자기로 싸 들고 왔는데, 그 안에는 소고기미역국이 들어 있었다. 루비 엄마가 가스레인지 위로 냄비를 올리며 물었다.
"이 무거운 걸 어떻게 들고 왔어?"
"은서 애비가 택시 불러 줬는데 뭐."
요리하는 것을 좋아하지 않는 루비네 외할머니지만, 특별히 나를 위해 해 오셨다고 했다. 손에 물 묻히는 걸 좋아하지 않을 뿐 요리 솜씨는 뛰어나다는 할머니의 자화자찬은 정말이었다. 여태 먹은 미역국 중에 최고로 맛있었다.

"이제 케이크 가져올까?"

대강 식탁을 정리한 다음 생크림케이크를 가운데에 올렸다. 다 같이 손뼉을 치며 나를 위한 생일 축하 노래를 불렀다. 어른거리는 촛불이 신기한지 루비가 돌고래 소리를 내며 끼룩끼룩 웃었고, 그게 귀여워서 우리는 한 번 더 노래를 불렀다. 내가 촛불을 끄자 루비가 나를 보며 눔눔, 하고 옹알이를 했는데 그게 꼭 누나, 하고 부르는 것처럼 들려서 신기했다.

"은서, 왜 귀빠진 날에 미역국을 먹는지 아는가?"

루비 외할머니가 물었다.

"귀빠진 날이 생일이에요?"

"그치, 엄마 배 속에서 태어날 때 머리부터 빠지거든. 그런데 귀가 요로코롬 튀어나와 있으니 나오기가 좀 어렵디야. 그러니 귀만 잘 빠져나오면 그다음은 쑤욱 나온다고 해서 생일을 귀빠진 날이라고 하는 거여."

루비 외할머니가 루비의 작은 귀를 만지며 이어 말했다.

"아기를 낳고 어미가 제일 처음 먹는 음식이 미역국이여. 힘들게 낳은 어미의 마음을 잊지 말자 해서 귀빠진 날마다 먹는 거지."

싹싹 긁어먹어 비어 있는 내 몫의 국그릇을 내려다봤다. 어쩐지 눈물이 날 것 같았다. 갑자기 루비 엄마가 식탁 위에 깍지 낀

두 손을 올리고, 눈을 감았다.

"기도했어? 당신 종교 없잖아."

잠시 후 아빠가 물었다.

"그냥 은서 어머니한테 감사 인사를 드렸어."

"응?"

놀란 듯한 아빠가 할 말을 찾지 못해 굳어 있는데, 루비 엄마가 이어 말했다.

"우리 은서 낳아 주시고 이렇게 잘 길러 주셔서 고맙다고. 은서의 고운 마음이 다치지 않고 더 고와질 수 있도록 내가 노력하겠다고."

식탁 아래로 아빠가 내 손을 꼭 쥐었다가 놓아서, 나는 겨우 울지 않을 수 있었다.

루비 외할머니가 준비한 선물은 별이 잔뜩 그려진 양말 세 켤레였다. 모두 똑같은 무늬의 양말들이었다. 한 짝에 구멍이 나도 돌려 가며 신을 수 있게 일부러 같은 무늬로 샀다고 했다. 마음에 드는 양말이 무려 세 켤레나 생겨서 세 배로 기뻤다.

"이건 아빠가 주는 거야."

아빠가 건넨 상자의 포장지를 뜯으니 방수포를 재활용해서 만들었다는 지갑이 나왔다. 안 그래도 낡은 지갑을 바꾸려던 참이었기에 아빠의 센스가 만족스러웠다.

"자, 생일 축하해, 은서."

루비 엄마가 내게 선물을 내밀었다. 체크무늬 포장지에 감싸인 작은 직육면체 모양의 그것에서 적당한 무게감이 전해졌다.

"확인 안 해?"

아빠가 채근했다.

"이건 나중에."

모두가 잠들고 나면, 혼자 몰래 뜯어볼 계획이다.

"흐브브."

루비가 자신에게도 관심을 가져 달라며 입소리를 냈다. 어른들이 루비에게 집중을 하는 사이, 나는 무릎 위에 올려 둔 루비 엄마의 선물을 내려다봤다. 체크무늬 포장지에 고은서에게라고 쓰여 있었다. '고은서'와 '에게'가 각각의 체크 네모 안에 있어 마치 내 이름이 네모난 글 상자 안에 들어 있는 것처럼 보였다. 루비 엄마가 무엇을 준비했는지 몰랐지만, 나는 루비 엄마의 선물이 가장 마음에 들었다.

루비가 자울자울 졸아서 나와 아빠만 루비 외할머니를 아파트 단지 앞까지 배웅해 드리기로 했다. 집에서 미리 부른 택시가 할머니를 기다리고 있었다. 할머니에게 선물을 받기만 했는데, 할머니는 외려 고맙다며 내 등을 쓰다듬고는 뒷좌석에 올라탔다. 아빠와 나란히 서서 택시가 삼거리에서 사라질 때까지 팔

고은서가 적은 이름

을 흔들었다.

"달도 밝은데 우리 좀 걸을까?"

아빠의 말처럼 달이 정말 환했고 우리는 아파트 단지를 한 바퀴만 걷기로 했다. 아빠와 둘이서 걷는 게 오랜만이었다.

"은서야, 엄마 보고 싶니?"

밤하늘을 올려다보던 아빠가 불쑥 물었다. 나는 대답할 수 없었다. 아빠에게 거짓말을 하고 싶지 않은 마음과 엄마가 보고 싶다는 말로 아빠를 슬프게 만들고 싶지 않은 마음이 내 안에서 겨루었다. 아빠는 단지를 반쯤 돌 때까지 내 대답을 기다렸다가 다시 말했다.

"은서가 엄마 보고 싶으면 아빠가 연락해 줄 수 있어."

"엄마한테 연락해도 돼?"

"그럼. 은서에게 엄마가 필요하면 언제든지 연락해도 된다고 그랬어."

내 눈을 보며 말하는 아빠의 말이 거짓말 같지 않았지만 믿기가 어려웠다.

"엄마가 그랬다고?"

"응."

"나한테는 자기가 없었던 것처럼 살라고 그랬는데?"

아빠의 걸음이 느려졌다. 마른세수를 한 아빠는 숨을 살짝 들이쉰 다음 말을 시작했는데, 그 숨소리가 유난히 크게 들렸다.

"그때는 엄마에게도 그렇게 말할 수밖에 없는 사정과 이유가 있었을 거야. 아빠가 말해 주기는 어렵지만."

민구의 말이 생각났다. 어떤 가족 관계는 거리두기가 필요하다는 말. 멀리 떨어져 있어도 마음은 이어져 있다고 말하던 민구.

어느새 아빠와 나는 집 근처까지 와 있었다. 엘리베이터를 타고 집으로 올라가는 동안 우리는 둘 다 아무 말도 하지 않았다. 어떤 말을 해야 좋을지, 무슨 말을 해야 할지, 갈피를 잡을 수 없었다.

"언제든 말해. 엄마랑 연락하고 싶으면."

도어록을 풀고 현관문을 열어젖히기 직전에 아빠가 다시 한번 말했다. 나는 고개를 끄덕일 수도, 저을 수도 없었다.

문을 열고 들어가자 루비 엄마가 우리를 보며 버들눈썹을 높이 추켜올렸다. 루비가 잠들었다고 입 모양으로 말을 했다. 나는 아빠의 셔츠 자락을 살짝 당겼다. 아빠가 나를 돌아봤다. 루비가 덮은 이불을 토닥이는 루비 엄마의 뒷모습을 눈짓으로 가리키며 나는 나직하게 속삭였다.

"엄마, 저기 있잖아."

아빠가 오리 입술을 만들면서 내 머리칼을 헝클었다. 내가 제일 좋아하는 아빠의 손길이었다. 아빠는 나를 사랑하는 마음이 너무 커서 주체되지 않을 때 그런 입술을 하고 내 머리를 마구 만지곤 했다.

생일 다음 날은 일요일이었지만 학원에 갔다. 특강이 있었고 매달 치르는 분반 시험 결과도 발표되는 날이었다. 이번에도 공부를 한 만큼만 결과가 나왔다. 나는 지난달과 같은 반에 머물렀다. 민구는 두 단계나 점프해서 올라갔다. 최상위 반이었다.
"양도훈도 너희 반이네."
양도훈의 성적은 한 달 만에 제자리로 돌아왔다. 난독증은 학업 스트레스로 인한 일시적 증상으로 마무리된 것 같았다.
민구의 얼굴에 기쁨이 묻어났다. 그게 그렇게 기쁠 일이냐고 물어보려다가 말았다. 괜찮아진 양도훈의 모습에 진심으로 안도하고 있는 민구의 마음을 불편하게 만들고 싶지 않았다.
"나도 공부 열심히 해야겠다."
마음의 소리가 입 밖으로 나오고 말았다. 작은 혼잣말이라 아무도 제대로 듣지 못한 게 다행이었다. 민구와 같은 반이 되려면 공부를 열심히 하는 수밖에 없었다.
혜주도 가고 싶은 대학이 생겼다며 부쩍 공부에 매진하는 것 같았다. 하지만 여전히 특강 수업마다 늦게 들어와 수업 흐름을 끊어 놓았는데, 그게 좀 한심하게 느껴지기도 했다.

마음에 힘이 있다는 것은 어딘가 든든하면서도 한편으로는 섬뜩한 일이었다. 그렇기에 누군가를 안 좋게 생각하는 마음이 생겨도 그 마음을 일단 접어 두게 되었다.

집에 같이 가자는 약속을 한 건 아니지만, 수업이 끝나면 민구가 우리 반 교실 문앞에 서 있었다. 내가 더 빨리 끝나면 일부러 가방을 천천히 쌌다. 민구의 머리가 교실 창문에 보일 때까지.

"진짜 갖고 싶은 것도 없고 필요한 것도 없어?"

민구가 또 물었다.

"응. 없다니까."

"그럼 잠깐 이리 와 봐."

민구가 내 가방에 달린 인형을 잡아당기며 말했다. 민구는 내게 무슨 할 말이 있으면 꼭 내 가방에 달린 인형을 먼저 건드렸다.

"어디 가는데?"

"다 왔어. 한 블록만 더 가면 돼."

민구가 앞서 들어간 곳은 화원이었다. 밖에서 볼 때에는 작은 가게 같았는데 내부가 꽤 넓었다.

"여긴 왜? 화분 사게?"

"일단 와 봐."

민구는 꽃들을 지나쳐서 모종과 묘목 쪽으로 걸음을 옮겼다.

나는 민구를 따라 걸으며, 눈에 띄게 넓어진 민구의 등을 바라봤다.

"어서 와요. 뭐 찾는 거 있어요?"

멜빵바지를 입은 화원 아저씨가 전지가위를 정리하며 물었다.

"작은 화분 중에 키우기 쉬운 게 있을까요?"

민구가 물었다.

"꽃나무로 찾아요? 아니면 관엽식물?"

민구가 나를 보며 고개를 갸웃거렸다. 나는 손끝으로 나를 가리키며 입 모양으로 나? 하고 되물었다.

"꽃으로요."

민구가 제멋대로 꽃이라고 대답했다.

"시클라멘도 초보자분들이 많이 찾고, 제라늄도 꾸준히 잘 나가는 예쁜 꽃이에요. 또, 칼랑코에도 괜찮은데, 누가 키우게요?"

민구가 또 나를 바라봤다. 화원 아저씨가 민구의 시선을 따라 나를 보더니, 아무래도 제라늄이 어울릴 것 같다고 말했다.

"그럼 그걸로 하나 주세요."

"야무진 놈으로 챙겨 줄게요. 그런데 남매예요? 둘이 닮았네."

"그냥 친군데요."

아저씨의 말에 내가 발끈하고 말았다. 민구와 그냥 친구 사이라고 떵떵거리고 있는 내가 멋쩍었다.

"뭐가 좋을지 고민을 하다가 좀 늦어 버렸지만, 생일 축하해."

화원을 나온 민구가 내게 제라늄 화분을 내밀었다.

"키우기 어렵지 않을 거야. 잘 키우면 꽃도 금방 필 거야."

"고맙긴 한데, 여기에 뭐 안 좋은 거 빈 거는 아니겠지?"

내가 장난스럽게 물었다.

"그런 힘은 다 사라졌거든?"

나는 다시 묻는 의미로 눈을 가늘게 떴다.

"그렇다고 아무것도 안 빈 거는 아니야."

"뭘 빌었는데?"

"네가 필요하다고 한 시간…… 좀 단축시켜 달라고 빌었어."

내가 시간이 필요하다고 말한 이후로, 민구는 줄곧 기다린 모양이었다.

"제라늄 꽃은 무슨 색인데?"

얼굴이 빨개질 것 같아서, 화제를 돌렸다.

"대체로 분홍색인 것 같더라. 연한 분홍도 있고 지금 네 얼굴처럼 진한 분홍인 것도 있고."

어쩐지 귀가 뜨거운 것 같더라니.

"근데 기분 좋다."

"왜?"

"아까 화원 아저씨가 너랑 나랑 닮았다고 했잖아. 너랑 닮았다는 말이 기분 좋아."

"참 나."

나는 아닌 척했다. 내가 민구보다 코가 더 오똑하긴 하지만, 민구와 닮았다는 말에 기분이 좋아진 건 사실 나도 마찬가지였다. 해가 완전히 다 져서 캄캄한 하늘이었지만 기분은 밝기만 했다.

"다녀왔습니다."

나는 품 안에 화분을 숨기고 조심조심 내 방으로 들어갔다. 화분은 나와 민구의 비밀처럼 여겨졌고 아직까지는 섣불리 공개하고 싶지 않았다.

햇볕이 가장 잘 드는 데는 베란다이지만, 내 방 창에도 해가 안 드는 건 아니었기에 창가에 두기로 했다. 가까이에 화분을 두고 싶었다. 숨을 가다듬은 다음에 스티커에 네임펜으로 이름을 썼다. 화분 밑부분에다가 그 스티커를 꼭꼭 눌러 붙였다.

> 임선영

나와의 인연을 토막 내듯 끊었던 엄마의 이름을 썼다. 마음의 힘을 믿어 보기로 했다. 엄마가 잘 지내기를 바라 보기로 했다.

핸드폰으로 제라늄 꽃의 이미지를 검색했다. 민구의 말처럼 사진마다 분홍의 농도가 조금씩 달랐지만 하나같이 예뻤다. 꽃이 핀다면 루비에게 제일 먼저 알려 줘야지. 그리고 사진을 찍어 민구에게 보내 줘야지, 하고 생각하자 웃음이 나왔다.

작가의 말

    소설을 쓰겠다는 마음만으로 벅차던 시간이 있었습니다. 그 마음이 부끄러워지고, 그 부끄러움조차 부끄러워서 조금 두려워질 무렵, 문학동네청소년문학상 당선 소식을 들었습니다.
    여기까지 읽어 주신 독자들 덕분에 창가에 놓인 은서의 화분에 곧 소담한 꽃이 피어날 것 같아 더없이 설레는 기분입니다.

    마음이 마음대로 되지 않는 건 자연스러운 일이지만, 산뜻하지 않음을 느낀다면 잠깐 멈춰도 좋을 것 같습니다.

    제 첫 시작에 힘을 실어 주신 문학동네청소년문학상 심사위원과 한 권의 책으로 나올 수 있게 애써 주신 편집부에게 감사 인사를 드립니다.

   제가 알았고, 저를 알았던 모든 사람들에게 고마운 마음을 전하며, 손글씨를 제공해 준 김나연에게도 소중함을 전합니다.

2024년 1월, 황보나

네임 스티커

ⓒ 2024 황보나

1판 1쇄 2024년 1월 25일 | 1판 5쇄 2025년 4월 2일
글쓴이 황보나 | 책임편집 엄희정 | 편집 김지수 이복희 | 디자인 신수경
마케팅 정민호 서지화 한민아 이민경 왕지경 정유진 정경주 김수인 김혜원 김예진 나현후 이서진
브랜딩 함유지 박민재 이송이 김희숙 박다솔 조다현 김하연 이준희
저작권 박지영 형소진 오서영 | 제작 강신은 김동욱 이순호 | 제작처 영신사
펴낸곳 (주)문학동네 | 펴낸이 김소영 | 출판등록 1993년 10월 22일 제2003-000045호
주소 10881 경기도 파주시 회동길 210 | 전자우편 kids@munhak.com
홈페이지 www.munhak.com | 카페 cafe.naver.com/mhdn
북클럽 bookclubmunhak.com | 트위터 @kidsmunhak | 인스타그램 @kidsmunhak
대표전화 (031)955-8888 팩스 (031)955-8855
ISBN 978-89-546-9591-6   03810

잘못된 책은 구입하신 서점에서 교환해 드립니다. 기타 교환 문의: (031)955-2661, 3580